KB080131

어쩌다
태어났는데

엄마가
황서미

황서미 지음

이상한 나라의
엄마와
도도한
사춘기 소녀의
별거 생활

어쩌다
태어났는데

엄마가
황서미

느린
서재

왜 이 책을 내고 싶은 거야?

카톡이 왔다. 당시 프리랜서로 작업하고 있던 원고의 저자 분이셨다. 중학생 딸의 이야기를 브런치에 연재하고 있는데 시간이 나면 재미 삼아 보라고 하신다. 요즘 중학생들은 어떨까 궁금했다. 읽다 보니 이야기 속 중학생 소녀의 일상을 자꾸 따라가게 되었다. 씩씩한 소녀의 이야기였다. 무엇에도 기죽지 않는 소녀, 자신만의 철학도 있는 소녀였다. 그 소녀의 이름은 바로 곰돌이다. 원고에 얽힌 우여곡절을 들어보니 출판사와 계약 후 진행한 원고였는데, 어쩐 일인지 편집의 방향이 잘 맞지 않아 출판은 무산되었다고 한다. 그래서 원고가 꽤 쌓여 있는 상태였다. 코로나19 시대를 살아가는 조금은 특별한 중학생 소녀와 조금은 이상한 엄마의 이야기가 매력적이라고 생각했다. 작가님만 괜찮다고 하시면 아는 출판사 이곳저곳에 원고를 좀 보여주고 싶다고 했더니 그렇게 해도 좋다고 하신다. 그렇게 이곳저곳 문을 두드렸다. 한 다섯 군데 정도 보냈나…… 모두 거절을 당하고 말았다. 나중에는 거절당했다는 말도 하기가 부끄러워서 어디 출판사에 보냈는데요, 라는 말도 하지 않고 조용히 있었다. 그런데 문을 두드리는 출판사마다 재미가 있기는 한데 많이 팔릴 것 같지 않다고 한다. 한결같은 거절의 이유였다. 그리고 작가님의 이력이 좀 부담스럽다는 이유도 있었다. 이 원고를 출판사에서 거절하는 이유를 정리해보자면 다음과 같았다.

1. 재미있지만 엄마와 딸이라는 소재가 너무 뻔해서 안 팔릴 것 같다. 2. 저자의 인지도가 아쉽다.

그런데 자꾸만 거절을 당하다 보니 나의 자존감도 동시에 하락하고 말았다. 마치 나 자신이 거절당하는 느낌마저 들었다. 처음으로 출판사에 속해 있지 않고 프리랜서 편집자로 일하는 것이 싫었다. 회사를 다니고 있었다면 기획안이라도 내볼 텐데……. 내가 아무런 힘이 없어서 이 원고를 출간하지 못한다는 생각에 조금 서글펐다.

거절은 아무리 많이 당해도 익숙해지지 않는 일이다. 괜찮다며 스스로를 위로해봐도 자꾸만 거절이 반복되다 보니 급격히 우울해졌다. 이대로 포기하고 싶지 않아서 일단 책을 내려면 돈이 얼마나 들지 이래저래 계산해보았다. 그때, 여기저기에서 지원군이 나타났다. 작가님도 좋다고 하시면 내가 이 원고를 출간할 생각이었다. "여보, 나 1인 출판하면 어떨까? 아무도 책 안 낸다는 원고가 하나 있어. 그런데 나만 이상한 건지 책으로 만들고 싶은 생각이 들어."

출판사 신고를 하고 온 날, 친구가 물었다. "모두가 내지 않겠다고 거절하는데 왜 출간하고 싶은 거야?" 나는 왜 이 원고를 책으로 만들고 싶은 걸까? 그때서야 내가 왜 곰돌이에게 끌리고 있는지 진지하게 생각을 해보았다.

"이 글을 읽다 보면 곰돌이를 자꾸만 응원하게 돼. 씩씩한 곰돌이를 보고 있으면 나도 덩달아 씩씩하게 살고 싶어져. 신중하고 당당하고 할 말은 하는 곰돌이가 너무 멋있어. 곰돌은 엄마를 원망하지도 않아. 엄마가 재혼했다고 뭐라 하기는 해도 곰돌이가 엄마를 사랑하는 게 느껴져. 아무 비밀도 없이 시시콜콜 엄마에게 이런저런 이야기를 하는 곰돌이가 무척 사랑스러워. 이 책이 팔릴지 안 팔릴지는 나도 잘 모르겠어. 그걸 알면 돗자리 깔아야지……. 그것보다는 이 단단한 소녀를, 이 씩씩한 소녀를 소개하고 싶어 미치겠어. 그리고 곰돌에게 너 혼자가 아니라는 응원을 보내고 싶어. 혹은 세상의 모든 곰돌에게 보내는 엄마의 마음이라고 해야 할까."

일이 이렇게까지 되어서 저자분은 작은 구멍가게 출판사에 원고를 맡겨주셨다. 계약서에 사인을 하고 우리는 한참 웃었던 것 같다. 이 구멍가게에서 내가 이 원고를 사랑하는 만큼 최선을 다해 책을 만들 거라고 선언했다. 지난겨울부터 봄까지 우리는 몇 번이고 원고를 수정하고 디자인하고 드디어 책으로 펴내게 되었다.

원고를 다듬으면서 어쩌면 곰돌은 세상 사람들이 자신의 이야기를 읽는 걸 싫어할지도 모르겠다는 생각이 들었다. 곰돌에 대해 잘 알지도 못하는 사람들이 이러쿵저러쿵할지도 모른다. 이 책으로 인해 곰돌이가 어쩌면 상처를 받는 일이 생길지도 모른다는 생각마저 들었다. 인쇄를 넘기기 전까지도 걱정이 들어 마음이 무거웠다. 그래서 다짐했다. 그런 걱정이 들 때마다 곰돌에게 민트초코 맛 아이스크림을 건네야겠다고. 너의 이야기를 읽고 새로운 도전을 시작해볼 용기를 낸 사람도 있다고 말해주고 싶다.

자신만의 길을 걸어가는
곰돌을 응원하며

어느 봄날에 최아영

사람마다 다 사정이 달라서 그래

방금 전, 딸과 대형마트에서 장을 보고 왔다. 지금 이 글을 쓰는 시간이 오후 1시 43분 그리고 금요일이다. 딸의 나이 올해 열여섯 살, 소녀 곰돌은 어쩌다 벌써 독립하여 자취를 하고 있다. 나는 나름대로 딸네 집에 먹을 것을 수시로 넣어준다고 동동대고 있지만, 집에서 직접 해 먹이는 것과 비교하면 대접이 천지 차이일 터다. 가끔은 볼멘소리로 집에 먹을 것 하나도 없어서 종일 굶었다는 이야기를 하기도 하는데 그럴 때마다 마음이 안 좋다. 겨우 열여섯 살 소녀, 한창 잘 먹어야 할 나이인데 어린 친구가 혼자서 자취하며 지지고 볶고 음식을 해 먹는 것이 보통 일은 아니다. 어제도 전화가 왔다. 냉장고가 텅텅 비어서 아무래도 장을 봐야겠다고 한다. 나는 오케이를 외치고 언제 함께 갈지 물어보았는데 하필이면 평일 오전 시간을 고른다. '평일 오전'은 '엄마가 일하는 시간'이라는 뜻이다.

"엄마는 늘 바쁘잖아. 안 바쁜 날이 없으니까, 그냥 가."

이럴 때는 내가 9시에서 6시까지 직장에 매여 있는 사람이 아닌 것이 다행히 여겨지기도 한다. 하지만 작업 시간 중간에 들락날락하는 것이 썩 내키지는 않았다. 나는 곰돌이 말한 대로 바쁜 척을 너무 자주 해서 주변에 많이 미안하기도 하고, 재수 없게 보일 때도 있지만 실제로 바쁘기도 하다("너만 바쁘냐?"라는 소리가 여기저기에서 들리는 듯!). 어쨌든 좀 불편하더라도 함께 장을 보러 가야 한다는 생각에 아침 일찍 도서관에 가서 자리를 맡은 후 조금 일하다가 곰돌과 약속한 시간에 맞춰 데리러 갔다.

곰돌은 굉장히 신중한 편이다. 뭔가 하나를 택해야 할 때 가끔은 옆에서 기다리기가 답답할 정도로 생각이 많다. 그 성정은 오늘 오전, 마트에서도 어김없이 발휘되었다. 나는 빨리 들어가서 일을 해야 하는데, 곰돌은 간장 코너 앞에서도 한참을 서 있고, 스파게티 코너 앞에서도 머릿속으로 빨간 소스와 하얀 소스를 견주는 것이 눈에 보였다. 그래도 엄마가 마음이 급하다는 걸, 불안해하고 있는 걸 들키면 안 된다. 함께 쇼핑하고 있는데 옆에 있는 사람이 자꾸 보채면 얼마나 신경질이 나겠는가. 아마도 이 쇼핑의 과정, '보채기'와 '버티기'의 대립각이 전 세계 부부 싸움의 원인 중 탑 쓰리에 들 거라고 확신한다.

참는다고 참았는데 결국 내 입에서 나도 모르게 "다 됐니?", "자, 이제 끝!" 장보기 종료를 바라는 구호가 발사되었다. 바람을 가르며 쇼핑 카트를 끌고 나가는 엄마를 보면서 물건을 찬찬히 보고 즐기고 싶은 곰돌은 슬슬 부아가 나기 시작했나 보다.

"아, 엄마 때문에 정신 사나워죽겠어. 지금 제대로 고르지도 못하고 있잖아."

카트에 담을 것은 얼추 다 담은 것 같은데…… 아직 더 살 것이 남았단 말이야? 결국 딸은 흡족하지 않은 표정으로 계산대로 향한다. 나는 속으로 '이게 바로 돈은 돈대로 쓰고, 욕은 욕대로 먹는 거구나' 싶어서 입맛이 썼다. 주차장으로 가는 길에 딸이 한마디 쐐기를 박는다.

"엄마가 그렇게 급하게 굴 때면 기분이 좀 나빠."

딸의 그 기분, 충분히 이해한다. 나도 어려서 우리 엄마가 왜 그렇게 '빨리, 빨리'를 외치는지 영문을 몰랐고, 알고 싶지도 않은 적이 있었다. 나중에 알고 보니 부모가 되면, 그중 특히 '엄마'가 되면 한꺼번에 해야 할 일이 너무 많아서 그런 거였다. 아침 일찍 일어나서 얼굴에 뭣 좀 찍어 바르고 외출이라도 할라치면 어깨에 둘러메는 가방 말고도 꽉 찬 쓰레기봉투와 음식쓰레기 봉투는 기본이고, 나가면서 세탁소 들러서 맡길 옷들과 택배 반품 상자까지 한가득 손에 쥐어야 한다. 팔다리 개수가 문어 정도는 되어야 여유가 있다. 두 손으로는 모자란다. 나의 조급함에 기분이 상한 딸을 보면서 잠시 망설였던 말을 넣어두었다. 나이가 들면서 할 말이 있을 때 잠시라도 한 박자 멈춰 서는 게 꽤 괜찮은 일이라는 걸 알게 되었다. 그렇지만 여기에는 한 줄 적어보려고 한다.

"사람마다 다 사정이 달라서 그래."

엄마인 나도 사정이 있고 딸인 곰돌도 제 나름대로 또렷한 사정이 있다. 그 사정을 알면서도 봐주지 못하는 경우도 물론 있겠지만 나는 어른이니까, 엄마니까 어린 딸의 사정을 먼저 헤아리는 것이 좋겠다고 생각했다. 아주 오래된, 일종의 결심이다. 양육관이라고 하면 너무 거창하니……

이 책은 나와 나의 딸 곰돌, 각자의 '사정'을 모은 책이다. 물론 나의 오랜 결심, 딸의 사정에 더 마음을 열고 귀를 기울이겠다는 어른의 결심은 나 역시 부족함이 많은 인간인지라 지켜지지 않을 때가 더 많다.

'엄마도 할 말은 해야겠다!' vs '엄마니까 딸에게 져줘야지.'

이 책은 두 마음 사이에서 널을 뛰는, 사춘기 딸내미를 키우는 엄마의 일기이자 변명이 되겠다.

이것이 이 책을 설명하는 한 줄 로그라인이다.

언제나 바쁜

황서미

1부

우리 엄마,
그런 분 아니세요

갱년기 vs 사춘기
엄마 vs 딸

갱년기가 오나 보다. 불로장생, 마냥 젊을 줄 알았는데 말로만 듣던 갱년기의 징후들이 감지된다. 컴퓨터에 코 박고 하루 종일 앉아 있다 보니 노안은 이미 와버렸고, 운동하러 가면 "회원님이 지금 여기에서 어깨, 허리 제일 안 좋은 상태"라는 말을 들은 지 꽤 됐다. 일자 거북목이어서 〈구지가〉라도 부르며 머리를 내밀라고 해야 할 판이다. 여기까지는 직업병이라고 하자. 아무리 더워도 얼굴엔 땀이 안 나는 것도 당연한 건 줄 알았다. 화장이 안 지워지니 좋겠다는 부러움 섞인 찬사를 받던 내가 이제는 냉면만 먹어도 땀이 나니 무슨 모순인가. 무엇보다도 생리량이 불규칙해졌다. 한 시간에 말도 안 되게 쏟아져 나왔다가 어느 날에는 한여름 우물 속 같다. 이 모든 현상을 한 단어로 축약하자면 '서운함'이다. 갱년기는 서운하다.

'이렇게 된 김에 그냥 쉬어. 포기하면 편해, 하지 마'라며 최면을 걸고 싶은데, 차마 그럴 수 없는 매우 큰 과제가 하나 있다.

사춘기.

그 이름도 식상한 '질풍노도의 시기'를 지나고 있는 딸이 있어 잠시라도 긴장을 늦출 수 없다. 나는 아이를 잘도 낳는 편이다. 그런데 키우는 일은 젬병이다. 양육에 그다지 재미도 보람도 느끼지 못한다. 학교에는 공부 잘하는 아이가 있고 못하는 아이가 있듯, 양육이라는 인생 과목에서도 좋은 점수를 받는 사람과 그렇지 못한 사람이 있다. 나는 좋은 점수를 받지 못했다. 아니 꼴등이다. 그런데 공부 못하는 아이들이 공부를 못하고 싶어서 그런 것이냐 하면 그건 또 아니다. 마음은 공부도 잘하고 싶고 칭찬도 받고 싶은데, 안 되는 것뿐이다. 나도 마찬가지다. 아이를 사랑하지 않는 건 아니다. 아니 무척 사랑한다. 그런데 표현 방식이나 돌봄 기술이 다른 엄마들에 비해 현저하게 떨어진다. 심지어 이유도 잘 알고 있다. '내 속에 내가 너무도 많아' 서 그렇다. 브레이크도 없이 달리는 적토마 같은 나를 스스로 제어할 길이 없어서 너무 힘든데 지금 누가 누구를 돌보겠냐는 이야기이다.

유명 연예인 커플인 원빈과 이나영이 결혼했을 때 난리가 났었다. 둘 사이에서 아이가 탄생하자 더 난리가 났다. 최강 유전자의 조합! 그때 유행했던 우스갯말이 있다. "저집 아기는 태어나보니 엄마가 이나영, 아빠가 무려 원빈." 아아! 나의 아이들은 어쩌다 태어나보니 엄마가 '듣보잡 황서미'여서 시끌벅적하게 살 운명을 걸머지게 되었을까!

평소에 내가 아이에게 하는 것을 본다면 아마 이기적인 엄마로 보일 것이다. 그러나 성장 환경을 개선하고 미래에 대한 비전을 제시하는 일 외에는 내가 나서서 적극적으로 아이의 인생을 설계할 수 없다고 생각하는 편이다. 상황이 이러한지라 소 뒷걸음치다가 발에 걸린 듯, 한 발 떨어져 딸을 볼 수 있게 되었다.

딸이 친구들과 편의점에 있는 모습을 보면, 나 어렸을 때 떡볶이집에서 디제이 오빠에게 부탁하여 옆 테이블의 좋아하던 남자애에게 단무지를 보내던 생각이 났다. 또 엄동설한에 유행처럼 교복 치마에 스타킹도 안 신고 친구들과 우르르 몰려다니는 딸을 보며, 나의 양아치 같았던 고등학교 시절이 생각났다. 선배들이 치마를 한 번, 두 번, 세 번 접어 입으면 우리는 두 번까지만 접을 수 있었다. 찬바람에 살이 에여서 다리가 아플 정도라고 하면서도 곰돌은 스타킹을 신지 않는다. 조금은 불성실하지만 그래도 '엄마'라는 신분으로 내 삶을 곰돌을 바라보고, 곰돌과 함께할 수 있으니 무척 행운이라고 생각한다, 여러모로.

곰돌은 모든 발달 과정이 신기할 정도로 교과서처럼 딱딱 들어맞는 아이였다. 정확하게 태어난 지 백 일째 되는 날 아침에 몸을 엎쳤고, 밤에 몇 번씩 깨어서 젖을 먹고 자는 것이 갓난아기의 일이건만, 일찍이 '백일의 기적'을 일으키기도 했다. 까무룩 잠들어 깨보니 아침 7시! 깜짝 놀라 옆을 보니 아가는 여전히 쌔근쌔근 자고 있었다. 걸을 때 걷고, 말할 때 말 시작하고…….

곰돌은 정말 기특하고 고마운 꼬마였다. 곰돌은 작년 겨울부터 친구 따라서 서울 강북에서 가장 빡세다는 학원을 몇 개월 다녔다. 그러고는 순식간에 좀비가 되어버렸다. 저러다가 '학원비는 그저 학원 전기료, 수도료가 되겠구나' 하는 생각이 들었다. 그렇게 4~5개월, 곰돌은 혼을 쏙 빼놓고 학원가의 컨베이어 벨트로 갈려 들어갔다. 지금 행복하냐고 물었더니 당연히 행복하지 않다고 한다. 그 길로 그만두라고 했다. 지금은 학원 안 다녀서 너무나 행복하다고, 좋다고 한다. 그런데 방학이 되니 좀 불안한지 "다시 학원 다녀야 하나?" 하고 갸우뚱한다. 나는 가타부타 말도 못하고, 혹시라도 다시 학원에 가겠다고 할까 봐 두근거린다. 그 학원비로 차라리 재미난 곳 놀러 가고 맛있는 거 먹는 게 나은데……. 곰돌이 자라면서 대한민국 청소년의 성장 과정에 들어맞지 않은 첫 행보로 한 것이 바로 '학원 안 다니기'였다.

한편으론 곰돌이 대견할 때도 있다. 우리 집 바로 앞에 브랜드 아파트가 새로 생겼다. 어떻게 그 아파트를 사서 들어와 사는지 가늠이 잘 안 되는 곳이다. 아파트 입구에서 친구들이 가방 메고 총총 나오는 것을 반대편에서 바라보면, 곰돌은 조금 "쪽팔린데" 학교 안으로 들어오면 다 같이 교복 입은, 다 똑같은 인간들이라 괜찮다고 한다. 괜찮다니 다행인데 딸에게 약간 미안한 기분이 드는 건 어쩔 수가 없다.

이제부터 쓰려는 글은 엄마가 이혼을 하는 바람에 친아빠의 존재는 전혀 알 도리가 없고, 하늘에서 뚝 떨어지듯 발달장애 동생까지 생겨버리는 바람에 아주 골치 아프게

된 사춘기 중학생 소녀 곰돌이의 이야기이다. 인생 복불복 게임에서 아주 제대로 걸리고 말았다. 그러나 눈물 짜내는 이야기는 아니다. 우리의 사정 말고도 세상에는 슬픈 이야기가 아주 많을 테니까. 그저 한 발 뒤로 물러서 딸을 바라보는 엄마의 눈으로 우리 이야기를 담아보려 한다. 연애, 뷰티, 패션, 정치, 친구, 쇼핑, 모바일, 유행어부터 로판, 세계관에 이르기까지 32년의 시공을 넘나드는 사춘기 딸과 갱년기 엄마의 '케미'를 찬찬히 소개하려 한다.

평범한 또래 친구들과 전혀 다를 바 없는 이 중학생이 본인 잘못도 없이 조금은 특별한 짐을 질 수밖에 없었던 사정에 대해, 엄마가 그 타래를 풀어줘야지 하는 마음으로 써내려간 글이기도 하다.

이 글을 쓰고 있는 지금 곰돌의 학교에서 문자가 왔다. 곰돌이가 "수업 태도가 바르고 성실"하여 상점 2점을 받았다고 한다.

쾌거!

어쩌다
아침 드라마.
자, 이제
게임을
시작하지　　**탄생의
　　　　　　비밀**

사춘기 곰돌이랑 가평에 자주 가는 편이다. 집에서 한 시간 반 정도 거리, 시골의 정취를 느낄 수 있어서 좋아하는 곳이다. 바람 쐬러 가기 참 좋은 곳인데 5~6년 전부터는 갈때마다 실망만 하고 돌아온다. 산등성이를 볼 수 없을 정도로 빼곡히 들어찬 펜션들, 시야를 턱 가로막는 거대한 덩치의 카페들 그리고 늘어나는 건물 수만큼 줄어드는 음식점의 정성……

　2005년에 처음 가평을 가보았다. 그때 다니던 회사에서 아침고요수목원으로 야유회를 간 것이다. 참 아늑하고 좋은 동네라는 생각이 들어서 다음에는 꼭 남자친구랑 오겠다고 다짐했었다. 그 남자친구가 남편이 되어서 배 속의 아이와 함께 셋이 오기 시작한 것이 지금까지 15년간 이어지고 있다. 그때만 해도 해가 지고 나서 펜션에 앉아 밖을 보면 저 앞으로 산이 까맣게 펼쳐져 있었다. 앞에는 작지만 개울도 흘렀다. 촬촬촬 물 흘러가는 소리와 함께 개구리 소리도 요란했다. 밤에 마실 맥주가 모자라서 남편이 맥주를 사러 나가는 길은 어두컴컴해서 위험하기까지 했다. 그때 나의 배 속에서 요란한 개구리 울음소리에 귀를 쫑긋 기울이고 있었을 아가가 바로 지금의 곰돌이다. 곰돌이 태어난 뒤에도 나는 곰돌과 함께 가평에 오곤 했다. 고맙게도 그때 머문 펜션이 여전히 그 자리에 있어 주어서 다른 곳은 찾아볼 생각도 하지 않았다. 익숙해서 계속 그 숙소를 이용했다. 곰돌이가 유치원, 초등학교, 지금의 중학교에 간 뒤에도 잠시 쉬고 싶을 때는 후딱 짐을 챙겨 가평으로 간다. 이제 가평은 '너와 나의 연결고리', 곰돌이와 내가 휴식이 필요할 때면 들어가서 쉴 동굴과 같은 곳이 되었다. 최근 들어 그 쉼터가 옛 모습을 많이 잃어버려서 섭섭하긴 하지만 말이다.

코로나19 사태로 곰돌이도 집에 콕 박혀 나오지 않은

지 한 달이 넘었다.▼ 좀이 쑤시는 것 같아 함께 가평으로 떠났다. 설마 이 시국에 우리 두 사람 묵을 방 하나 없겠나 싶어 숙소에 전화도 해보지 않고 출발했다. 아침고요수목 원으로 가는 차들로 빼곡했던 도로는 한산했다. 음식점도 예전에는 꽉꽉 차 있었는데 고요했다.

"엄마, 오늘은 그 펜션 안 가면 안 돼? 거기 화장실이 춥고 불편해. 와이파이도 잘 안 터지고."

"좋아."

15년 만에 처음으로 다른 펜션에 가보기로 전격 결정, 가평에 도착 후 검색을 했다. 방이 없단다. 이상하다. 사람도 없고 불도 다 꺼져 있는데……. 전화하는 곳곳마다 예약이 찼다고 한다. 딱 한 곳에서 손님을 못 받는 이유를 설명해줬다. 펜션은 방 하나를 데우는 데 여섯 시간 정도 걸리는데, 손님 수가 너무 줄어 딱 예약된 방만 보일러를 틀고 있다는 설명이었다. 괜찮다고, 이불 속에 있으면 된다고, 여섯 시간은 거뜬히 기다릴 수 있다고 반강제로 졸라서 펜션에 들어갔다. 그렇게 우리는 두 마리 펭귄이 되었다.

사실 지난달, 판도라의 상자가 열리고 말았다. 안개에 싸

▼ 코로나19가 처음 퍼지기 시작한 2020년 1월경이다.

인 엄마의 과거를 확실히 알지 못했던 곰돌이 인터넷으로 결국 다 알게 되었다. 외할아버지 핸드폰으로 나의 페이스북 글을 곰돌이 읽고 말았다. 아버지가 SNS에 익숙하지 않을 거라 짐작하고 그냥 손 놓고 있던 것이 화근이었다. 심지어 내가 쓴 소설, 나름 자전소설이라고 썼는데 차마 눈 뜨고 볼 수 없는 쓰레기 같은 소설까지 다 읽은 모양이었다. 그 속이 어땠을까. 곰돌은 며칠이 지난 뒤 조심스레 말을 꺼냈다.

"엄마의 전남편이 세 명인 줄 알았는데, 다섯 명이었어? 그리고 나한테 오빠가 있는 것 맞아? 이게 제일 충격이야. 혹시 동생이 아빠랑 살면서 맞고 자라는 건 아닌지 궁금해. 아, 맞아. 그 운동하던 아저씨, 우리랑 잠깐 살았던 그 아저씨, 고독사하신 게 맞아?"

이 충격적인 질문들을 며칠 동안 내색도 안 하고 마음에 품고 있었을 곰돌을 보고 나도 놀랐다. 곰돌이 빠짐없이 또박또박 묻는데 좀체 입이 떨어지지 않았다. 표정이라도 여유 있어 보이려고 재주를 부렸지만, 완전 빵점이었다.

"사실 너한테 오빠가 한 명 있고……."

곰돌이가 이 얘기를 듣자 하하하하하하하하! 웃는다. 이 무슨 아침 드라마 대사란 말인가! 동생은 아빠와 할머니, 고모가 온 정성을 다해서 돌봐줄 것이라고 이야기하니 그제야 안심한다. 잠시 함께 살았던 아저씨는 고독사한 게 맞다고 조심스레 알려주었고, 함께 명복을 빌었다. 곰돌이는 여기에서 멈추지 않았다. 다른 것이 아니라 이걸 계속 물었다. 그동안 멘탈 관리 어떻게 하며 살았냐며…….

"내가 엄마였으면, 나였다면 미쳤을 것 같아."

곰돌이는 꼬마 시절을 지나고 어느 정도 큰 뒤에는 내 앞에서 눈물을 보인 적이 없었다. 그런데 지금, 꾹꾹 참고 있는 게 보였다. 아이가 스무 살이 넘으면 이야기해주려고 했는데 너무 빨리 나의 과거가 발각되고 말았다. 나는 그 길로 곰돌이 외할아버지 페이스북 계정을 차단했다. 가족끼리는 SNS 하는 거 아니라고 하던데 너무 방심했다. 이 나라가 전 세계 최고 수준의 광속 인터넷망이 깔린 대한민국이라는 사실을, 곰돌이는 탄생 순간부터 SNS에 노출되어 인터넷을 공기처럼 쓴다는 사실을 내가 잠시 잊고 있었다. 게다가 위험천만한 대한민국 중학생이 아닌가.

그 뒤로 딸내미랑 어색해지는 게 아닐까 걱정이 되어 며칠 동안 노심초사하며 보냈다. 곰돌이가 나한테 실망하면 어떡하지, 엄마 입으로 직접 말해주지 않았다고 섭섭하게 생각하면 어떡하지, 전전긍긍하면서 아이 눈치를 살폈다.

오만가지 생각이 다 지나갔다. 동시에 다른 집 아이들처럼 평범한 고민만 하게 해주지 못한, 나의 평범하지 않은 과거에도 짜증이 났다. 이 글을 쓰면서도 휘청거리는 이유는 굳이 유쾌하지도 않은 인생사, 이걸 왜 주저리주저리 쓰고 있는 것인지, 이 주책없는 글쓰기의 근원은 무엇인지 답을 찾지 못해서이다.

그러나 우리는 가평에 왔다. 방은 예상보다 더 추웠고, 심지어 바닥은 대리석이라 발바닥을 대고 있기도 힘들었다. 그야말로 얼음장이었다. 밖을 내다보니 '방 다 찼다'던 펜션들은 모두 불이 꺼져 있다. 그제야 15년 전 처음 봤던 펜션 앞 산등성이의 무서우리만치 컴컴한 모습이 드러났다. 너무도 환한 인공 불빛은 산을 밝혀주는 것이 아니라 가리고 있었다. 곰돌이를 임신해 불룩한 배를 안고 펜션 마당에서 그네를 타면서 올려다봤던 하늘이 떠올랐다.

곰돌이와 나는 덜덜덜 떨면서 영화 〈윤희에게〉를 봤다. 꽁꽁 둘러싼 이불 밖으로 손을 내밀어 맥주 캔을 따는 그 손마저도 시렸다. 영화에서 딸은 엄마가 숨기고 싶어 하는 과거를 졸졸 따라다니며 캐낸다. 그리고 영화의 배경이 된 곳, 윤희와 딸이 함께 간 곳은 일본의 호타루, 눈이 많이 오는 추운 지역이었다. 영화를 보는 내내 '도대체 저 눈은 언

제 그치는지 모르겠다'는 소리가 몇 번이나 나왔다. 내 몸
도 춥지, 눈도 춥지, 어쩌다 곰돌이가 고른 영화 내용은 이
렇지, 마음이 조마조마 얼어붙는 것 같았다. 영화에는 아
이가 엄마의 비밀을 다 알고 있는 것인지 명확히 나오지 않
는다.

하지만 카페에서 준이라는 사람을 만나 "제가 윤희 딸
이에요"라고 말하는 이 한마디가 아마도 딸 새봄이가 이미
엄마의 과거를 알고 있다는 복선일지도 모르겠다. 윤희는
다른 것은 다 딸에게 열어놓아도, 딱 하나 정도는 죽을 때
까지 비밀로 하고 싶은 것이 있을 것 같은데…… 지금 내
가 그렇듯이.

자가격리, 아이들과 떨어지고 싶은 날엔

아침잠이 없다. 그래서 늦잠도 좀 자면서 피곤을 풀고 싶은 날은 여러모로 곤란하다. 오늘은 그렇게 찌뿌둥한 몸으로 사무실에 나갔다. 요즘 같은 코로나19 시국에 공유 오피스라는, 사람들이 옹기종기 모여 있는 곳에 가는 게 찜찜하다. 하지만 곰돌이가 방학을 해서 별도리가 없었다. 여기에서 '찜찜'이란, 혹시라도 내가 확진자가 되었을 때 벌어지는 상황들이 끔찍해서 쓰는 말이다.❜ 만약 내가 확진을 받으면 일단 이 사무실은 잠정적으로 폐쇄될 것이고, 나와 한 공간에 있던 이들은 모두 검사를 받고 자가격리에 들어가게 될 것이다. 내가 매일 가서 포장해오는 김밥집은 어쩌나. 그 미안함을 어떻게 감당할지. 목이 간질거린 지 한 사나흘 되었는데, 그저 느낌뿐이려니 했다. 그런데 점심시간이 지나니 간질간질한 증상이 더 올라왔다. 이젠 콧바람도 심상치가 않다. 뜨끈한 열감이 느껴진다. 어쩐지 아침 출근길이 선뜩했다.

오늘날, 대한민국은 감기도 마음대로 걸릴 수 없는 광란의 해적 게임판이다. 학교 다닐 때, 오늘이 3일이면 3, 13, 23, 33, 43, 53번 애들과 그 앞뒤 좌우에 앉은 애들, 반경 1~2미터에 앉은 애들까지 혹시 선생님한테 질문을 받을까 걱정하며 긴장하고 있었다. 그때는 날짜 보고 오늘은 누가 걸리나 예측이나 했지. 지금은 찔러서 튀어나오면 당첨이다. 만약 그 당첨자가 나라면?

중간에 일을 멈추고 주섬주섬 짐을 싸서 집으로 돌아왔다. 곰돌이는 뜻하지 않게 선물과 같은 방학이 연장전에 돌입해서 신이 났다. 너무나 신이 난 나머지 매일 낮과 밤이 바뀐 신생아처럼 잠을 자고 있다. 집에 오자마자 체온계

▼ 출간 전 마지막으로 원고를 보고 있는 지금은 이미 코로나19를 앓고 자가격리가 해제된 다음이다.

로 열을 재봤다. 37.5, 37.2…… 잴 때마다 마음대로다. 짜증이 슬슬 나는데 영 36도로 내려가지 않는다. '빨리 곰돌이를 할머니 집으로 보내야지' 이 생각부터 들었다. 만약 이것이 코로나19의 초기 증상이라면 곰돌이도 이미 걸렸을 확률이 90퍼센트였다. 나랑 나눠 먹은 만두가 몇 그릇이며, 자장밥이 몇 공기냐, 등 떠밀어 빨리 내게서 떼어내고 싶었다.

곰돌을 깨웠더니 부스스 일어난다. 열이 38도로 펄펄 끓지 않는 거면 괜찮은 거라고 진단한다. 그리고 확진자를 만난 적도 없는데 엄마가 어떻게 코로나에 걸렸겠냐며 중얼거린다. 사람 마음이 이렇게 다르구나 싶다. 혹시라도 무슨 일이 생길까 봐 마음이 무거운데 아이는 천하태평이다. 거기다가 나는 집에 들어와서도 마스크를 쓰고 있느라 호흡 곤란이 와서 지친 상태였다.

"나가, 얼른 준비하고 나가."

밥은 먹고 가야겠단다. 그렇지, 밥은 먹여 보내야지. 마스크 딱 하고 가스레인지 불 앞에서 이것저것 때려 넣고 감바스를 만들기 시작했다. 쑥과 마늘이 곰을 사람으로 만들었듯, 쑥은 없지만 마늘이 컨디션을 끌어올려줄 것 같았다. 마늘 잔뜩 꺼내서 편 내어 넣고 왕새우, 키조개, 관자,

브로콜리, 완두콩…… 막판에 알리오올리오 파스타로 변신시키려고 스파게티 면까지 삶았다. 저녁을 준비하는 내내 마스크 안에서 콧물이 흘렀다. 큰일 났다! 이제 콧물도 큰 위협으로 다가온다. 열을 재보니 37.6도다. 스파게티까지 다 먹은 곰돌이는 뭉그적뭉그적 일어나더니 세수만 하고 가겠다고 한다. 요즘 곰돌이 얼굴에 여드름이 돋아나는 바람에 세수를 시작하면, 거의 샤워하는 시간만큼 오래 걸린다. 1초라도 빨리 보내고 싶은데 이제는 부아가 나려고 했다. 하지만 다른 것도 아니고 나랑 같이 있다가 할머니 집으로 보내는 건데, 화를 내며 보낼 수 없었다. 곰돌이는 안방에서 한참 있더니만 롱패딩으로 몸을 뚤뚤 말고 나왔다.

"떠밀려 나가는 것 같네."

이 한마디를 하더니, 엄마 감기 나으면 꼭 자기 불러 달라고 한다. 마스크를 벗지 않고 알겠다고 했다. 엄마와 딸이 집 안에서 마스크를 쓰고 작별 인사를 하다니. 21세기가 만들어낸 기이한 장면이다.

곰돌이는 평소에도 늘 집에 엄마가 있는지 확인한다. 그리고 '엄마 집'에 가도 되냐고 묻는다. 이어서 집에 들어오면 꼭 자기를 불러 달라고 요청한다.

"너네 집인데 왜 그래야 해? 왜 엄마가 불러야 가?"

친구들에게 수없이 받은 질문이란다. 다른 친구들은 이해가 안 가는 모양새일 것이다. 가끔은 곰돌이가 나와 함께 집에 있어도 되고 자고 가도 되는 날에도, 내가 혼자 있고 싶으면 사정을 둘러대어서 침실 겸 공부방이 있는 할머니 집에 보내기도 한다. 무척 미안하지만 한 주를 북적여 보내면 혼자 있고 싶은 날이 있다. 남편과 곰돌의 동생 만두가 가끔 시댁으로 가는 날이면 그날은 꼭 혼자 있고 싶다. 다른 이들과 술 약속도 잡지 않는다. 이마저도 얼마간의 죄책감이 얹어지기에 마냥 편한 건 아니다. 아이들이 어느 정도 클 때까지는 벗지 못할 짐인 듯하다.

지난 주말 곰돌이가 자기는 결혼을 안 하겠다고 한다. 내심 쾌재를 불렀지만 티는 내지 않고 이유를 물었다. 아이를 낳아서 키우지 못할 것 같단다. 심지어 어려서부터 그렇게 조르고 졸라대던 고양이도 못 키우겠다고 한다. 고양이랑도 한두 시간 노는 거지 책임감 있게 돌보기가 어려울 것 같단다. 제 몸 하나 제대로 간수하는 것이 낫겠다고 판단한 곰돌양.

"어떻게 엄마들은 끊임없이 아이들을 돌볼 수 있지? 난 못할 것 같아."

"엄마가 끊임없이, 하루 종일 아이를 돌보는 건 아니지."

"그래도, 계속 신경은 쓰잖아."

"불쌍해서 그래."

"뭐가 불쌍해?"

"부모는 자식들이 다 불쌍해. 애처롭고."

오늘은 정당한 이유, 코로나19 바이러스에 걸렸을지도 모른다는 의심에 아이를 떠밀어 내보냈다. 하지만 미안하다. 심지어 만두 녀석은 지금 일주일째 할머니 집에 머물고 있다. 앞으로 유치원 개학까지 2주를 더 어떻게 왔다 갔다 하면서 버틸지, 그게 고민이다. 곰돌이한테는 미안하고 만두는 너무나 보고 싶다. 비 오는 날엔 짚신 장수 자식 걱정, 맑은 날엔 우산 장수 자식 걱정하는 옛이야기 속 할머니가 마치 나 같다. 온전히 나를 느낄 수 있는 기술이 부족해서인가, 감성이 부족해서인가.

이제 체온은 37.1도다. 잔기침은 여전하다. 주변은 고요하고, 냉장고 소리와 노트북 자판 소리만 들린다. 위층 아저씨는 퇴근하셨는지 시끌벅적한 소리도 들린다. 다만 하루 이틀이라도 나의 소중한 자가격리 시간에 마음이 편안했으면 좋겠다. '엄마도 좀 놀자!' 이런 소소한 이기심도 든다.

그나저나 키울 아이가 없는 이들이나, 내 친구들처럼 애들 다 키워놓은 사람들, 정말 부럽다. 매일 밤마다 이런 갈등도 없을 테니 말이다. 자기만의 시간을 따로 빼 행복하게 저축하시길. 온전히 자신에게 몰두하시길!

이거   엄마
냄새 나

매일매일 마스크를 쓰고 다니니 귓등이 슬슬 아파오기 시작한다. 안 그래도 낮은 콧대가 더 주저앉은 느낌마저 든다. 지난 여름날 더운데 어떻게 마스크까지 쓰고 다니나 이른 걱정을 했는데, 웬걸 비가 반 백일이나 쏟아지는 바람에 그나마 견딜 수 있었다. 수해와 태풍이 문제였을 뿐.

집에 돌아오면 마스크 서너 개가 여기저기 굴러다닌다. 우리 집 마스크 자리는 식탁 옆 전자레인지 위라고 말해뒀는데, 다들 내 말은 귓등으로 듣고 떠내려 보낸다. 아니, 그곳이 제자리라는 것은 아무래도 나만 알고 있는 것 같다.

마스크에 이름이 적힌 것도 아니니 어느 게 누구 건지도 모른다. 각자 마스크에 본인 이름 쓰라고 명하고 싶었으나 독재 체제라고 강력하게 반발할 것 같아서 관뒀다.

요즘 곰돌은 친구들과 옆 동네 길냥이 돌보는 것에 푹 빠져 있다. 하루는 친구들과 만나기로 했다면서 허둥지둥 나간다. 그러더니 다시 와서 어? 마스크! 하면서 찾는다. 엄마 마스크랑 제 마스크가 헷갈리는 거다. 어? 뭐지? 하면서 앞뒤 돌려가며 뒤적이는데 하얀색 마스크가 다 거기서 거기 아닌가. 결국 마스크를 껴보더니 이런다.

"어, 이거 엄마 마스크다. 엄마 냄새 나."

엄마 냄새? 내 냄새는 어떤 거지? 갑자기 곰돌이가 기특했다. 그리고 마음이 따뜻해졌다. 엄마 냄새를 아는 우리 곰돌이. 그만큼 엄마를 좋아해주는 것 같아서 고마웠다.

나도 엄마 냄새를 안다. 어린 시절에 엄마가 저녁 설거지까지 부랴부랴 다 마치고 와서 드라마 본다고 안방에 앉으면 나도 쪼르르 쫓아가서 엄마 옆에 앉았다. 안방은 소파가 없으니 엄마가 등에 베개를 받쳐줬다. 엄마는 〈달동네〉라는 드라마를 무척 좋아해서 매일 밤 그 드라마를 봤다. 아역 배우로 유명했던, 지금은 이미 중년이 된 똑순이 김민희가 나왔던 그 드라마다. 9시 무렵이면 내 몸은 스르르 엄마 옆에 기대기 시작했다. 그 시절, 나만의 독특한 버릇이 하나 있었다. 엄마 팔은 하얗고 토실토실 말랑말랑했는데 엄마 팔이 그렇게 맛있었다. 쪽쪽 빨았다. 마치 우유병 혹은 공갈 젖꼭지 빨듯이. 엄마는 드라마 보느라 바빠서 그랬는지 가만히 있었다. 가끔은 뻘겋게 멍이 들기도 했는데 엄마는 "아유, 아파, 얘가 왜 이래" 이 말만 하고 또 팔을 대주고 가만히 있었다. 그럼 난 또 쪽쪽……. 그때 엄마 팔에서 나던 엄마 냄새가 생생하게 기억난다. 당시에는 지금처럼 샤워를 매일 하지도 않았고, 일주일에 딱 한 번 주간 행사로 목욕탕이나 갔는데…… 여하튼 엄마 냄새가 참 좋았다.

다른 이들은 어떤지 모르겠지만 나는 냄새로 기억을 떠올린다. 냄새에 민감하기도 하고, 냄새를 맡으면 특정 상황이 본능적으로 연결된다. 예를 들어 올드스파이스 같은 아저씨 스킨 냄새를 맡으면 금방 기분이 상한다. 회사 다닐 무렵, 술만 마시면 나를 추행하고 싶어 안달이 났던 송 사장이 기억나기 때문이다. 동시에 고등학교 때 내가 좋아했던, 과외해주던 오빠 생각도 난다. 그 오빠가 대학교 간 후 과외하고 돈 벌어서 처음 산 화장품이 올드스파이스였다고 했다. 장미 향 가득한 향수 냄새를 맡으면 연대 퀸카였던 우리 동네 언니가 생각난다. 부잣집 딸이었는데 옷도 예쁘게 입고, 매니큐어도 화려했다. 그때 나는 교복 입던 뚱뚱이 고등학생 시절이라 언니가 마냥 부러웠다. 언니는 나만 만났다 하면 남자 사귀다가 때려치운 얘기를 해줬는데, 늘 이야기하다 말고 "잠깐만" 하고 어딘가를 다녀왔다. 캬아, 언니한테서 묘한 냄새가 났다! 담배 피우고 바로 양치하고 온 냄새, 담배 냄새와 치약 냄새가 뒤엉킨 냄새였다.

아기 낳고 몸조리할 때 나던 냄새도 잊을 수 없다. 특유의 삶아 빤 빨랫비누 냄새와 젖내 폴폴 나는 아가 볼 냄새. 그때를 생각하면 마냥 행복하다기보다 아이에게 젖 물리고 훅 들던 우울감 같은 것이 함께 밀려온다. 참 이상하다. 산후 우울감이 꼭 아이에게 젖 줄 때 몰려왔었다. 분명히 호르몬과 관계가 있을 것이다.

이렇게 나는 온갖 냄새에 포개지는 기억을 담아둔다. 냄새는 언제든지 나를 과거로 데려가는 마법의 열쇠다. 냄새만 나면 기억이 바로 시동을 건다.

18세기 프랑스에 한 남자가 살고 있었다. 이 시대에는 혐오스러운 천재들이 적지 않았는데, 그는 그중에서도 가장 천재적이면서 혐오스러운 인물 가운데 하나였다. 이 책은 바로 그 사람에 대한 이야기이다. 사드나 생 쥐스트, 푸셰나 보나파르트 등의 다른 기이한 천재들의 이름과는 달리 장 바티스트 그르누이라는 그의 이름은 오늘날 잊혀져버렸다. 물론 그것은 오만, 인간에 대한 혐오, 비도덕성 등 한마디로 사악함의 정도에 있어 그르누이가 그 악명 높은 인물들에 뒤떨어지기 때문은 아니다. 단지 그의 천재성과 명예욕이 발휘된 분야가 역사에 아무런 흔적도 남기지 않는 냄새라는 덧없는 영역이었기 때문이다.

파트리크 쥐스킨트의 소설 《향수: 어느 살인자의 이야기》의 첫 문단이다. 악마와도 같은 후각을 지니고 태어난 사람이 우리로서는 상상도 할 수 없는 재료(?)들로 극강의 향수를 만들려는 과정을 그린 소설이다. 이 몽환적인 글은 악취와 향기를 동시에 내뿜는다. 마지막 문장에 강하게 남았듯, 냄새는 '아무런 흔적도 남기지 않는 덧없는 영역'이다. 하지만 나의 뇌는 어떤 냄새, 향기가 스치기만 하면 바로 그 시간으로 되돌아간다. 상상할 수 없이 빠른 속도로 도서관에 가지런히 꽂힌 수많은 책들 사이에서 원하는 책을 바로 뽑아 읽는 기분이다. 특정 향기가 불러온 나의 기억은 그때부터 살아 숨 쉰다. 이렇게 후각은 신비롭다.

엄마 냄새가 나는지 안 나는지 맡아본 후 제 마스크를 골라서 쓴 곰돌은 고양이 밥 주러 신나게 나갔다. 길냥이를 돌보는 것도 기특한데, 엄마 냄새까지 기억해주다니 마음이 어딘가 찡하다.

참고로 고양이를 너무너무 사랑하는 어떤 분이 이런 얘기를 해주신 적이 있다. 길냥이들을 돌보는 일이 그렇게 밥만 주고 마는, 단순한 일은 아니라는 이야기였다. 누군가가 도맡아 고양이들을 돌볼 때는 문제가 없지만, 그 사람이 이사를 가거나 사정이 생겨서 안 보이면 고양이들은 바로 굶는다고 한다. 먹이를 주는 이에게 익숙해졌기 때문이다. 그러니 만약 사정이 생겨 고양이를 더 돌볼 수 없다면 고양이를 사랑하는 또 다른 사람에게 이 일을 인수인계하고 떠나는 것이 좋다. 곰돌이가 앞으로도 아무런 어려운 사정 없이 캣맘을 오래도록 하기를 바라며 문득 드는 생각이다.

사람이   싫어질 때

곰돌이와 유튜브 계정을 함께 쓰고 있다. 그래서 요즘 아이의 관심사가 무엇인지, 방에 틀어박혀서 무엇을 검색하는지 다 알 수 있다. 하지만 당연히 모르는 척해야 한다. "너 요즘 이런저런 것, 검색하더라?" 했다가는 다른 마음을 먹고 따로 제 계정 끙끙대고 팔지 모른다. 하루는 검색할 게 있어서 유튜브 검색창을 무심코 봤다가 깜짝 놀랐다.

'담임 샘이 싫어요', '담임 엿 먹이는 법'

이런 문장이 검색창 아래로 빼곡하게 뜨는 게 아닌가. 이전에는 본 적 없는 검색어였다. 아, 무슨 일 있구나. 다른 무엇보다도 아이가 인간관계에서 어려움을 겪는 것 같으면 내 일처럼 마음이 아프고, 신경이 쓰인다. 공부 못하는 것 따위야 신경 안 쓰지만 말이다.

학기 초 상담 시간, 부랴부랴 쫓아가서 선생님을 한 번 뵌 일이 있었다. 삼십 대 후반? 평범한 우리 주변의 중학교 선생님이셨다. 내 앞 순서 엄마는 선생님께 두런두런 질문도 많이 하고 이것저것 이야기도 나누던데, 나는 물어보고 싶은 것이 딱히……. 있다면 이것 정도였다.

"우리 곰돌이, 친구들하고 잘 지내나요?"

곰돌이는 친구들과 아주 잘 지내고 있고, 매사에 성실하고 바른 아이라 곰돌이를 많이 예뻐하고 있다는 답변이 돌아왔다. 마음이 놓였다. 담임 선생님은 도덕 과목을 맡은 차분한 분이였는데 나와 하는 이야기를 무척 재미있어하셨다.

"어머니, 정말 재밌으세요."

그러나 재미는 재미로 끝이 나고……. 그 뒤로 한두 달 뒤, 상호 신뢰가 추락하는 사건이 발생했다. 곰돌이의 등교 준비 시간이 두 시간 반으로 늘어나면서 지각이 잦아지기 시작한 것이다. 이유는 아침 메이크업 때문이었다. 곰돌이의 화장은 간단하지 않다. 껌껌한 새벽, 샤워를 마치고 앞

머리에 구루프를 마는 것을 시작으로, 거울 앞에 앉아 신성한 '분장 의식'을 치른다. 하루는 학교에서 선생님께 화장품 파우치를 뺏기는 일도 있었다. 화장이 진해서 내려진 벌칙이었다. 엄마인 나도 가끔 딸내미를 보면 '초원의 암사자'를 보는 것 같은데, 선생님은 얼마나 거슬리셨을지 상상이 간다. 아직 우리나라는 '어린 학생들은 진하게 화장하면 안 된다'라는 명확한 근거 없이, 옳은지 그른지도 모를 무언의 고삐가 조여져 있다. 내 마음부터 그렇다. 내가 학생이었을 때도 고3까지 절대로 화장은 안 됐고, 심지어 한 반의 50명이 모두 똑단발 아니면 운동부 아이들 같은 커트 머리로 통일하고 다녔다. 입술이라도 붉게 바르거나 주근깨 지우고 싶다고 분이라도 바르면 날라리로 찍혔다.

유튜브 검색어 때문에 두근두근 놀란 가슴을 부여잡고 있는데, 디리릭 문자가 왔다.

[곰돌의 봉사활동 시간이 많이 모자랍니다. 11시간 보충해야 하니 어머님이 좀 챙겨주세요.]

문자에서 냉기가 흘렀다. 곰돌이가 선생님께 '찍혔다'는 것을 바로 알 수 있었다. 선생님은 그전에도 곰돌이의 지각 문제로 몇 번 문자를 보내셨다. 그럴 때마다 죄송하다고 하고 다음부터 잘 챙기겠다고 세상에서 제일 공손한 답신을 보냈다. 그리고 등교 시간은 학교가 정했든 아니든 우리 모두의 '약속'이기 때문에 곰돌이에게도 꼭 지켜야 한다고 엄하게 일러두었다. 그러나 아이의 봉사활동 시간을 엄마에게 '챙겨주시라'고 하는 것은 선을 넘은 것 아닌가 하는 생각이 들어 퍼뜩 불쾌해졌다. 그와 동시에 나 역시 선생님께 미움받고 있다는 느낌이 들었다. 모녀가 다 함께 선생님께 찍혔구나!

분노하는 곰돌이에게도 이유가 있었다. 곰돌이가 학교에서 씩씩대며 돌아왔다. 모자란 봉사활동 시간 때문에 선생님께 혼이 났다고 한다. 물론 곰돌이도 지지 않고 코로나19 때문에 일정이 취소된 곳이 많아서 곤란했다고 말씀드렸다고 한다. 당연히 돌아오는 말은…….

"그러니까, 미리미리 해놨어야지!"

선생님은 다른 친구 이야기를 하며 그 친구는 엄마도 함께 봉사활동 시간 채우려고 여기저기 사이트 뒤지고 부지런히 다닌다고, 너도 그렇게 하라고 이야기하신 모양이다.

"우리 엄마 그런 분 아니세요."

이 지점이 바로 뇌관이었다. 선생님은 어디서 엄마 탓을 하냐며, 너희 엄마 같은 엄마가 세상에 어디 계시냐며(응?) 스스로 똑바로 알아서 하라고 소리소리 지르신 모양이다.

선생님도 곰돌이 때문에 어지간히 부아가 났는지 딸 이야기의 행간을 잘못 읽으셨다. 그래서 논리의 중심을 잡기 어려우셨을 것이다. 곰돌이는 엄마들이 왜 봉사활동에 같이 참여하고, 사이트를 뒤져서 애들 대신 신청해주는지 모르겠다고 투덜거렸다. 내 생각과 백 퍼센트 일치해서 다행이었다. 선생님도 사실은 마음이 반반이셨으리라. 나 또한 지금 아이의 공부나 성적에 쿨한 척, 혁명적인 어머니인 척, 하나도 신경 안 쓰는 척하지만 과연 이런 척이 아이를 위한 것이 맞는지 늘 의문이다. 그저 신경을 못 쓰고 있는 건 아닌가 하는 엷은 죄책감마저 늘 깔려 있다. 큰 사고만 나지 마라, 그냥 지나가보자 하는 것이 나의 솔직한 심정이다.

〈4등〉이라는 영화가 있다.

초등학교 수영선수 아들을 키우는 엄마가 번번이 4등만 하고 미끄러지는 녀석을, 어린 시절 천재 수영선수였던 코치에게 맡긴다. 문제는 이 코치의 훈련 방법인데 바로 때리기, 폭행이다. '옛날 사람'이다. 운동하는 사람들, 맞고 때리기는 어제오늘 일이 아니다. 요즘은 좋아졌다고 해도, 폭행 때문에 꿈과 재능을 눈물 삼키며 접는 사람이 얼마나 많 았겠는가. 그러나 아이의 엄마는 이렇게 말한다.

"난 준호가 맞는 것보다, 4등 하는 것이 더 무서워."

이 엄마의 마음을 나는 지금도 잘 모르겠다. 아니, 헤아 리고 싶지 않다.

곰돌은 선생님한테 혼난 뒤 자리로 돌아가면서 "아, 씨 ×…… 어쩌라고……"라고 조용히 뇌까렸단다. 화가 나서 견딜 수 없었나 보다. 그다음 장면은? 당연히 선생님의 귀 에 곰돌의 목소리가 들어갔다. "너, 이리 와봐!" "꽤액!" 선 생님의 호통 소리가 교실에 울려 퍼졌다.

"너, 지금 욕한 거야? 어? 너 그따위 성격으로 살면서 사 회생활 어떻게 하려고 그래? 어?"

곰돌은 이 말에 몹시 충격을 받은 듯 보였다. 힘없이 내 게 묻는다. 사회생활은 도대체 어떤 것이냐고. 그렇게 힘든 거냐고. 이대로 '사회생활 고자'가 되어버릴 것 같아서 너 무 무섭단다. 씁쓸하단다. 학기 초에는 자기도 선생님 비위 를 스리슬쩍 맞췄고 선생님도 자기를 좋아해주셨는데, 어 쩌다가 이렇게 사이가 틀어졌는지 모르겠다고 한다. 모르 긴 뭘 몰라. 지금 선생님은 곰돌이의 잦은 지각, 튀는 행동에 실망하셨을 것이다. 내 자식이 아닌 이상 그게 예뻐 보일 리 없다. 그리고 모든 인생을 통틀어 중학생을 선도, 교정하는 일만큼 어려운 일도 없다. 선생님도 인간인지라 애들이 푹 하고 찌르면 야! 소리가 나오게 되어 있다. 사회생활은 피할 수 없는 아름다운 러시안룰렛과도 같다.

세상의 모든 아이들이 가족을 떠나 사회생활을 시작할 때 최초로 맞이하는 이가 바로 선생님이다. 인간관계가 다 그렇듯이 선생님과의 인연도 복불복이다. 인간 같지도 않은 선생을 만나서 인생 최대의 트라우마를 불도장처럼 찍기도 한다. 반대로 천사 같은 선생님을 만나 부모에게 받지 못한 사랑까지 한꺼번에 받는 행운을 누리기도 한다. 또 다른 경우로 나에게는 최고의 선생님인데, 다른 친구들에게는 최고로 나쁜 놈인 경우도 있다. 그러나 꼭 절망할 일도 아닌 것이 선생님은 부모처럼 고를 수 없지만, 1년마다 바뀐다. 곰돌이는 사회생활을 이미 시작했다. 선생님과의 기 싸움이 그 시작이다. 그로 인해 씁쓸함까지 느꼈다면 지금 사회생활 레벨 최소 5단계까지 맛본 셈이다. 그래서 혈기 왕성한 중학생들의 마음에 분노 게이지가 꽉꽉 차 있는 것인지도 모른다. 초딩 때는 그렇다고 쳐도 조금 커보니 선생들도 별것 아니게 보일 것이다. 요즘 보니 엄마 아빠도

바보 같은데 아놔, 선생도 ×나 못 가르치는 사람, 개미 소
리로 본인 말만 떠드는 사람, 꼰대 짓을 메가톤급으로 하
는 사람, 유튜브 하면서 자뻑에 빠진 사람 등등…… 골고
루 다 있으니 말이다.

"엄마, 사회생활하면 우리 선생님 같은 사람이랑 일해야
하는 거야?"

당연하다. 수많은 사람, 수많은 가치관과 부딪치게 된다.
그러나 아직 멘탈 근육이 짱짱하게 길러지지 않은 우리 아
이들은 지금 어른들보다 더 힘든 사회생활을 하고 있는지
도 모른다. 심지어 친구 눈치 봐야지, 인싸 되어야지, 공부
해야지, 썸 타야지…… 할 일도 정말 많다.

곰돌이가 선생님이 싫어서 엿 먹이고 싶다는 그 마음,
너무너무 잘 알 것 같아서 웃음이 나온다. 나는 곰돌의 담
임 선생님한테, 나보다 어린 사람한테 찍혔다고 생각하니
무섭기도 하고 외로운 마음마저 들었는데 곰돌은 그렇지
않았다는 게 놀랍기도 하다.

사람이 너무 싫을 때, 담임이 너무 싫을 때, 이럴 때는 소
심한 엄마와 달리 무소의 뿔로 치받아버리는 사람으로 자
라나면 좋겠다.

"아, 씨×…… 어쩌라고……."

선생님 앞이나 예의를 갖춰야 할 모든 곳에서 '×발'은 빼고 마음껏 '아, 그래서 어쩌라고?' 정신으로 무장한, 강하고 멋진 전사 곰돌이가 되기를.

아직   뭘 하고 싶은지
모르는 중딩에게

곰돌이는 곱창볶음을 좋아한다. 하루는 곱창을 신나게 상추로 싸 먹다가 뜬금없이 내게 묻는다.

"엄마, 엄마는 판타지 같은 것 써본 적 있어?"

곱창볶음 먹다가 갑자기 판타지?

"아니, 아직. 그런데 웹으로 넘어오라는 권유는 받은 적 있어."

"뭐 쓰고 싶어? 웹 소설로 가면?"

"당연히 요리 판타지지! 하잘것없던 주인공이 어떻게 하다가 요리신왕의 전생을 만나서 서른세 개의 필살기를 전

수받고⋯⋯."

내 직업이 작가라고는 하지만, 그럴싸한 저작도 없고 명함 내밀기도 부끄럽다.▼ 글은 매일매일 열심히 쓰는데 돈이 될 만한 글은 모두 실용적인 글이다. 쓰고 나면 그 권리가 돈을 주는 사람에게 넘어가버려서 나의 글이 어디로 가고, 어떻게 쓰이는지 추적하기가 어렵다. 할 필요도 없고 말이다. 글로 예술을 하는 게 아니라 장사를 한다는 정체성이 더 편하다. 더군다나 '돈 될 만한 글'을 쓰고 기획하는 일이 아주 재밌기도 하다. 사회생활을 광고 대행사 카피라이터로 시작했다. 그래서 그때 배운 도둑질, 물건을 팔리게 하는 글쓰기의 영향을 크게 받은 것 같다.

내가 쓰고 싶은 요리 판타지에 대해 떠오르는 대로 한참 떠들다 보니 그 뒤를 이어서 곰돌이도 뭔가를 막 이야기한다. 곱창을 먹으면서 우물거리는 바람에 무슨 말인지 못 알아듣다가, 집중해서 들어보니 어? 재밌다. 요리신왕의 제자가 나오는데, 악의 무리가 신을 납치해서 요리 대결을 펼치고 구해오는 이야기였다. 제법이다. 안타고니스트의 등장까지, 설정이 명확하다.

▼ 이 글을 쓸 때까지만 해도 나의 첫 책이 나오기 전이었다.

곰돌이와 함께 차를 타고 가는 길이었다. 동네에 이런 현수막이 걸려 있었다.

"할인의 추억"

우리 동네 새로 출시된 상품권을 초반 마케팅으로 20퍼센트 할인해서 판매하는 모양이었다. 그 이벤트를 '할인의 추억'이라고, 영화 〈살인의 추억〉을 패러디해 이름 붙였다. 요즘 공무원들이 젊은 감각으로 시민들을 웃겨주는 것 같아 흐뭇했다. 특히 코로나 시국에는 더더욱 '유모아'가 필요하지. 근데 곰돌이는 대뜸 구리단다. 왜 구리냐고 물었더니, 영화 제목 가지고 온 것 아니냐면서 똘똘하게 따진다.

"영화 제목 쓰려면 차라리 요즘 영화 제목을 쓰든지, 아니면 글씨체를 영화 제목하고 똑같이 쓰든가 해야지."

인정. 그렇지, 이왕 갖다 쓴 것 제대로 글씨체까지 흉내를 내줬다면 더 즐거웠겠지.

"그리고 우리 세대는 저 영화 모를 수도 있어."

동네 상품권을 구매하는 사람들은 분명 중고등학생들보다는 나이 든 세대일 테다. 저 영화를 또렷이 기억하거나 적어도 아예 모를 리는 없다. 그래서 현수막에 뚱뚱이 폰

트로 써도 와 닿기는 할 테다. 그러나 곰돌이의 이런 당돌한 의견 제기에 내심 마음이 흐뭇한 건⋯⋯.

코로나19 때문에 전 세계의 모든 학생이 학교에 가지 않고 집에서 줌으로 수업하는 사태가 벌어졌다. 요즘 곰들은 나도 반 백살이 될 때까지 단 한 번도 해본 적 없는 일을 해내고 있다. 그것은 바로 '격렬하게 아무것도 하지 않고 살기'. 곰돌이가 반발할지도 모르겠다. 하지만 적어도 내 눈에는 그렇게 보인다. 지난 겨울 방학, 2020년 2월을 시작으로 3월을 거쳐 봄바람 휘날리며 벚꽃이 흩날리는 오늘까지도 곰돌은 잠자는 숲속의 공주처럼 계속 자고 있다. 앞으로도 곰돌이의 삶에 마음 편히, 건강히, 몇 개월 동안 모든 사회활동에 불 꺼놓고 동굴로 들어갈 기회는 거의(어쩌면 아예) 없을 거라는 생각이 들어 그냥 두고 있다. 곰돌이도 이런 생활이 '×나' 행복하다고 한다. 몸만 아프지 않다면 집에 먹을 것 있고, 따뜻한 물이 잘 나오니 자가격리 2주도 할 수 있단다. 두 달도 해내겠다고 한다. 나쁘지 않다, 이런 경험도 말이다. 공부도, 일도 하지 않는 삶. 어떠한 강박도, 불안도 없이 자고 싶을 때 자고 먹고 싶을 때 어슬렁거리며 냉장고 뒤져서 먹고⋯⋯. 그럼 됐다. 오히려 마음이 건강하다는 증명일 수도 있어서 내심 반갑다.

하지만 걸리는 것이 하나 있다. 곰돌이 자신이 '잘하는 것'은 물론이고 '하고 싶은 것'도 잘 모르겠다고 한다. 나는 어려서부터 재능이나 욕심이 확실한 어린이였다. 엄마한 테 이것 좀 시켜달라, 미술 학원 보내달라, 성악하고 싶다, 바둑 배우고 싶다 등등 요구 사항이 많았다. 그런데 그게 다 엄마한테는 돈의 위협이었다는 것을 늦게 깨달았다. 나 는 우리 엄마가 내가 하고 싶은 것이 많은 아이라서 기뻐하 고, 좋아하는 줄 알았다. 옛 어른들이 다 그렇지만 우리 엄 마는 '돈 안 드는 공부'로 1등 해서 좋은 대학 가고, 교수님 되는 것이 최고 좋은 거라고 생각하셨다. 그래서 공부를 못하면 아이가 잘하는 것이 뭔지 무슨 방법을 써서라도 관 찰해서 찾아내는 것이 부모의 일 중 하나라는 걸 몰랐던 것 같다.

곰돌이는 중학교 자유학기제 때문에 1학년 때 시험을 보지 않았다. 반 등수는 모르지만 성적이 아주 뛰어난 학 생이 아닌 건 알고 있다. 학원을 꾸준히 다닌 것도 아니고, 선행학습도 하지 않았다. 진도를 쭉 빼서 3년 치를 앞서 공 부하는 전교 1등과도 거리가 멀다. 그래도 뭘 재미있어하 는지, 어디에 재능이 있는지는 곰돌이도 나도 대충 파악하 고 있어야 하는데, 도무지 감이 잡히지 않는다. 그러다가 곰돌이가 현수막을 어떻게 고치는 게 좋겠다고 말하는 걸 보거나 판타지 소설 내용을 주저리주저리 읊어대는 것을 보면 이 녀석, 영 대책 없는 건 아니라는 생각이 든다.

거창한 뒷바라지는 아니더라도, 곰돌이가 어떤 것에 흥미가 있는지 함께 알아보고 싶다. 곰돌이가 결국 알아내서 끝까지 파내는 모습을, 좋아하는 것을 기록하거나 발표하거나 연주하는 방식으로 시각화하는 과정을 지켜보고 싶다. 솔직히 곰돌이가 돈이 많이 들어가는 예체능에 뚜렷한 재능을 보이지 않아서 안도한 적도 있다. 곰돌이 어릴 때는 바이올린도 시켜보고 피아노도 시켜보았는데, 악기에 영 흥미도 못 느끼고 힘들어했다. 그래도 곰돌 특유의 성실함으로 바이올린은 오랫동안 하다가 그만두었다. 이때 굳은 월 30만 원이 그때는 왜 그리 알토란처럼 느껴지던지!

그나저나 곰돌이가 곱창 앞에서 줄줄 풀어내는 스토리를 놓칠 수 없었다.

"그거 내일까지 써서 엄마한테 보내줘."

"카톡으로 주면 안 돼?"

"안 돼."

3개월 꽉 채워 쉰 곰돌이 처음으로 숙제를 받았다. 진짜 겨우내 공부 1도 안 했는데, 내일부터는 창작 활동 시작이다. 곰돌이는 "되게 흔한 스토리인데……" 하면서 걱정을 한다. 창작의 시작은 걱정이다.

"엄마, 웹 소설은 작가가 세계관을 잘 정해놓으면 그것만으로도 많이 읽히는 것 같아."

"세계관……이 정확히 뭐……야?"

"정말 몰라?"

"주제야?"

"와 씨. 작가라면서 세계관을 모른다고?"

창피하지만 명확히 모른다. 그것이 판타지 소설에만 나오는 것인지, 아니면 그동안 알고 있던 어떤 개념이 '세계관'이라는 단어로 재탄생한 것인지……. 곰돌은 답을 안 알려준다. 일단 내일 딸이 가져오는 스토리를 보고 권리금을 지불한 뒤 그걸 바탕으로 소설 하나를 써봐야겠다.

자네,
작가 한번
해볼 텐가   새끼 작가
                       발굴 프로젝트

중학생, 고등학생 자녀를 둔 엄마 셋이 만났다. 요즘은 어른 세 명이 모이면 집 얘기부터 한다는데, 과연! 나는 내 집이 없어 그냥 듣고 있을 수밖에 없었다. 하지만 아이들 이야기가 시작되자 눈이 번쩍 뜨이기 시작했다. 우리 셋은 책상 앞에 아이들 묶어 앉혀놓고 문제집 풀리고, 과외 선생님 과목마다 철철이 바꾸는 열혈 엄마들이 아니다. 활발히 오가는 대화 속에서 가장 큰 화두는 바로 '아이의 장래'. 앞에서도 이야기했듯, 중학생인 곰돌은 아직도 자신이 무엇을 하고 싶은지 모른다. 자기가 뭘 좋아하는지 도대체 모르겠단다. 혹시 과학자, 대통령같이 거창한 걸 말해야 한다는 강박 때문이 아닐까 하고 운을 떼어봤지만 요즘 애들이 그럴 리 없다. 세상의 정보를 오로지 텔레비전, 라디오로만 얻었던 우리 세대와는 다를 것이다. 공부할 때 교과서 말고는 전과에 문제집밖에 없었던 빈약한 시대와 달리 유튜브를 비롯해 세상과 정보를 접할 통로가 어마어마하게 많으니 보는 눈이 다르지 않을까. 나는 스무 살에 법학과가 정치·경제 과목같이 달달달 외우면 되는 줄 알고 전공으로 정했던 어리석은 과거가 있다. 법학과는 '달달달'이 필수지만, 그 깨알 같은 글자들이 사실 수학적 논리와 일맥상통한다는 걸 뒤늦게 알았다. 이렇게나 무식했던 시절도 있다.

이 모임 중 한 아이는 예고에서 작곡을 공부하고 있다. 어려서부터 음악에 두각을 보였던 친구다. 그리고 한 아이는 곰돌과 같은 중2 소녀다. 이 소녀의 엄마는 회사에서 온라인 마케팅을 담당하고 있다. 본인은 '운이 좋았다'고 하지만 타고난 감각으로 이커머스 시장을 완벽히 파악하고 있다. 어떻게 하면 소비자에게 어필할 수 있는지 방법을 아는 이다. '영업의 촉'은 책 읽고 공부한다고 길러지는 능력이 아닌 듯하다.

"본인 사업해볼 생각은 안 해보셨어요?"

당연히 이런 질문이 나왔다. 돈을 벌려면 월급 따박따박 받는 것 가지고 안 된다. 모 아니면 도. 리스크는 있지만 그래도 사업을 해야 돈을 번다는 것은 세상의 변하지 않는 법칙. 나 역시 그녀가 본인만의 사업을 하면 좋겠다는 생각을 잠시 해봤다. 그녀는 사업할 생각도 했었지만, 늘 가게 되는 회사가 스타트업이었기 때문에 처음부터 기반을 닦는 일이 얼마나 힘든지 잘 안다고 했다. 오히려 함부로 덤비지 못하겠다고 한다. 또 하나, 이제는 삶의 루틴이 어느 정도 잡혔기에 쉬엄쉬엄 쉬기도 하면서 일하고 싶단다. 충분히 이해가 갔다. 대신! 엄마가 가진 노하우를 딸한테 전수해서 딸이 사업을 하고, 본인은 뒤에서 돕는 정도가 되면 좋겠다고 한다. 순간 무릎을 탁! 쳤다. 사회에 나가 엄한 곳에 돈 들여 배울 필요 없이, 엄마한테 배우면 되는 거다. 유전자는 예술, 체육 감각에만 있는 것이 아니다. 다른 부분에서도 부모와 자식 간의 교집합이 있기 마련이다.

구체관절 인형, 고가의, 마니아들이 열광하는 인형이 있는데, 그 엄마의 딸아이가 그 인형에 폭 빠져서 밴드를 만들고 운영했단다. 회원 수가 몇천 명까지 불어났던 모양이다. 거기에서 이 엄마는 아이의 수완을 보았다고 한다. 참 좋은 아이디어였다. 엄마가 하는 일을 자식이 물려받아서 배우고, 엄마는 돈 주고도 사지 못할 연륜과 경험을 전수해서 뒷받침해준다. 이제 자식의 젊은 피가 일을 힘차게 앞으로 끌고 나간다. 신선한 구도이다.

　예전에 곰돌이가 낙서한 종이 한 장을 본 적이 있다. 종이 안을 꽉 채운 건 졸라맨. 맨 위에서부터 졸라맨 수십 명이 나와서 춤을 추고 재주를 넘는데, 하나하나 스토리가 탄탄하게 박혀 있었다. 어느 한 명의 졸라맨도 버릴 것이 없었다. 그 그림을 보고 애한테 이런 스토리텔링 재능이 있었나 싶어서 많이 놀랐더랬다. 요즘 나는 조선 시대의 셰프가 과거와 현재를 넘나들면서 커다란 레스토랑을 차리며 벌어지는 스토리를 쓰고 있는데, 완전히 아이디어 단계에서 고민만 하고 있고 진척이 없다. 10부작이 넘는 드라마처럼 얼개가 크고 수십 명의 등장인물이 등장하는 이야기는 처음 구상해보는 거라 챙겨야 할 것이 많다. 과거와 현재를 넘나드는 '세계관' 설정도 탄탄해야 하고, 시대적인 배경 등 자료 조사도 충분히 해야 허술한 바닥이 보이지 않을 것이다. 곰돌의 생각이 궁금했다. 사춘기 딸내미하고 대화할 때 앞에 먹을 것을 두고 시작하면 팔 할은 쥐고 들어간다. 이 날은 고깃집에서 갈빗살구이를 함께 먹었다. 조선 시대의 셰프가 21세기 현재를 넘나드는 이야기, 재미있냐고 했더니 꽤 신선하단다.

"엄마, 지저분한 얘기 빼고 조선의 요리를 현란하게 보여 줘. 그 시대의 요리를 보고 싶은 사람 많을 테니까 말이야. 엄마 요즘 〈밀회〉 보잖아. 그건 음악이 반. 엄마가 짜는 이야기는 요리가 반. 러브라인은 재벌 집 딸 말고 다른 여자면 좋겠어. 음, 조선 시대 셰프가 레스토랑 차린다면서. 현재로 뚝 떨어져서 무슨 돈이 있겠어. 차라리 셰프한테 실질적인 도움이 되는 레스토랑 건물주랑 사랑을 해. 그리고 이 남자가 조선으로 돌아갈 때 여자가 쫓아와도 되고. 그리고 행복하게 사는 거지. 시청자들은 헤어지는 것 안 좋아해. 그리고 이 셰프가 조선에서도 현재에서도 너무 잘나가면 안 돼. 어디선가 ×나 구박을 받거나 어려워야 그거 극복해나가는 멋이 있는 거임. 참! 16화가 됐든 20화가 됐든 끝날 때까지 키스하고 껴안고 그러지 마. 징그러워. 보는 사람들이 키스해! 키스해! 속으로 응원해야 하는 거야."

와, 이런 선생님 처음 봤다. 로그라인 잡히고 이야기가 술술 풀리기 시작했다. 그렇지. 멀리에서 장래 희망을 찾을 필요 없이 내가 메인 작가를 하고, 딸이 보조 작가를 하면 어떨까. 어린 친구들의 머리에는 서브 스토리나 아이디어가 어마어마하게 쌓여 있을 터. 게다가 오십이 다 되어가는 내 아이디어보다 얼마나 신선할까! 곰돌은 소위 말하는 '공부', 텍스트를 읽고, 이해하고, 외우는 공부보다는 다른 방식의 '공부'를 원하는 것은 아닐까? 물론 교과서와 책에서 얻는 지식도 우리의 상상 이상으로 방대하지만, 이미 아이의 머릿속에는 달달 외우고 시험 봐서 얻는 지식과는 다른 차원의 보물이 들어차 있다.

이것이 코로나 시대, 하루 종일 웹툰과 유튜브를 보며 다져진 십 대의 힘이다.

나의 어린 시절, 35년, 40년 전만 해도 학교에서 만화책을 보면 혼났다. 아니, 만화책은 학교에 가지고 가면 안 되는 물건이었다. 만화방에 가는 애들은 불량 학생이었다. 오락실은 당연히 악마의 소굴이었다. 우리 엄마 말이 아직도 생생히 기억난다. 시장에 가다가 문방구 앞 50원짜리 오락기(지금은 고전이 된 아케이드 게임기렷다!) 앞에서 온몸을 배배 꼬며 열정적으로 우다다다 버튼을 누르고 있는 녀석이 있기에 누군가 하고 봤더니 우리 아들이었다며, 나라

잃은 표정을 지으셨다.

이제 세상이 뒤집혔다. 아이들은 책상 밑에 숨겨서 만화책을 보지 않는다. 핸드폰으로 만화를 보기 때문이다. 학습 만화야 수두룩해서 취향대로 골라 볼 수 있다. 불과 10년 전까지만 해도 텔레비전을 '바보상자'라고 부르면서 텔레비전 앞에 앉아 있는 걸 시간 낭비라고 여겼는데, 이제는 그 시절도 지나갔다. 지금은 본방 사수를 하지 않아도 될 정도로 플랫폼이 많아졌다. 엔터테인먼트 산업은 날라리들의 전유물이 아니다. 이젠 보이지 않는 큰손으로 세상을 좌지우지한다. 이렇게 우리 아이들은 구닥다리가 된 나의 어린 시절과 아주 다른 방법으로, 도저히 인간의 머리에서 나올 것 같지 않은 상상 초월의 새로운 세상, 어른들은 모르는 4차원, n차원 세계를 상상하고 소환한다.

문득 1985년 큰이모네 가족과 함께 여름 휴가를 떠나던 날이 기억난다. 청평사 가는 배를 타고 가면서 기분이 좋아진 나는 노래를 흥얼거렸다.

"우리는 달려간다, 이상한 나라로! 니나가 잡혀 있는 마왕의 소굴로! 어른들은 모르는 4차원 세계! 날쌔고 용감한 폴이 여기 있다!"

당시 한창 인기를 끌었던 만화 영화 〈이상한 나라의 폴〉

주제가였다. 텅텅텅텅 하는 배의 모터 소리를 뚫고 내 노래가 들렸는지 큰이모가 갑자기 버럭! 화를 내셨다.

"어디서 건방지게 '어른들은 모른다'고 그래! 먹여주고 입혀주고 키워줬더니만 겨우 하는 소리가 어른들은 모른다는 소리냐? 어른들이 뭘 몰라!"

기분 좋게 여행을 가다가 갑작스럽게 날벼락을 맞은 나는 청평사로 가는 내내 이모 때문에 기분이 좋지 않았다. 이렇게 37년이 지난 지금도 그때의 기억이 웃긴 추억으로 남아 있다. 정작 이모는 기억 못하실 테다. 건강하세요, 이모.

그대는
내가 아니다　유전자는
다르게 적힌다

이번에 〈위대한 쇼맨〉, 〈패왕별희〉, 〈라라랜드〉가 한꺼번에 재개봉했다.▼ 미친 것 아니냐며 곰돌이 흥분한다. 특히 〈위대한 쇼맨〉 OST를 영화관에서 들을 기회를 놓칠 수 없다고 방방 뛰는데 뭐 어쩌겠나? 가야지. 나는 휴 잭맨 오라버님이 주인공이라는 것만 알고 다른 정보에 대해서는 전혀 무지했는데 딸이 살짝 귀띔한다.

"이게 사실, 문제가 많은 영화라고 하는데 OST가 너무

▼ 2020년 5월의 일이다.

좋아서 영화관에서 꼭 보고 싶어. 그래서 문제 제기한 기사는 제대로 안 읽었어. 아직까지는……."

영화를 보는 중간에 이 영화가 흑인 여성을 데리고 다니면서 전시했던 희대의 사기꾼 이야기라는 것을 알게 됐다. 몇 년 전 기사를 읽고 경악했는데, 이렇게 접하게 될 줄이야. 배우 휴 잭맨에게는 내용을 빤히 알면서도 출연을 결정했다는 이유로 인종 차별과 인도적 차원의 비판이 끊이지 않았다고 한다. 보는 내내 나도 마음은 불편했으나…… 영화의 완성도만 놓고 보면 과연 훌륭했고, 배우들의 연기는 대단했다. 도대체 이 배우들을 어디에서 다 섭외했을까. 영화 속 캐릭터 그 자체인 배우들에게 신나고 놀라운 무대가 마련된 느낌이었다. 영화 음악을 들으면서 곰돌은 너무나 좋아했다. 곰돌은 감정 표현이 적극적이거나 드라마틱한 애가 아니다. 그런 애가 스크린 앞에서 팝콘 통을 들고 손을 덜덜 떨 정도면 엄청나게 감동했고 행복하다는 뜻이었다. 영화가 끝나고 나서도 여운이 가시지 않는지 자막이 다 올라가고 음악이 끝날 때까지도 그대로 앉아 있었다. 콜라랑 팝콘 치우는 아주머니가 일 다 마치고 쓰레기통 비닐을 새로 갈고 나갈 때까지도 곰돌은 일어날 줄 몰랐다. 한참 뒤에 깜깜한 영화관에서 빈 팝콘 통이랑 콜라를 들고 털레털레 나오는데 귀여웠다! 딸에게 이런 모습이 있다니, 처음이었다. 뭔가를 열정적으로 좋아하거나 몰입하는 아이의 모습을 한 번도 본 적이 없어서 생소했다. 신선한 모습이었다.

딸이랑 차를 타고 이동할 때 이야기를 많이 하는 편이다. 대화의 절반 이상을 차 안에서 소화하는 듯하다. 딸의 관심사는 온통 사회문제, 페미니즘, 요즘은 '일일일깡 신드롬' 분석에 빠져 있다. 미리 공부해두지 않으면 그녀의 질문에 대답하지 못할 때가 많다. 특히 페미니즘에 대해서는 내가 취약하고 무식해서 더더욱 답을 못할 때가 많다. 설치고, 떠들고, 생각하라!

"좌파와 우파가 뭐야? 엄마는 어떻게 생각해? 문재인 대통령이 과연 좌파일까? 다르게 생각하면 우파일지도 모르잖아. 좌파가 정의롭고 좋은 사람들이고, 우파가 욕심꾸러기만은 아니잖아."

이런 질문이 줄줄이 튀어나오면 정신이 혼미하다. 운전대를 잡고 있으니 검색을 해서 내 의견 조금 보태는 꼼수도 부릴 수 없다. 비의 '일일일깡▼'에 대해 의견을 나누다가 갑자기 엄마가 걱정되었는지 날 극구 조심시킨다.

"엄마도 '누나, 어쩌다 그렇게 됐어' 취급받을지 몰라. 엄마는 잘 모르겠지만 나이가 적지 않아. 괜히 말 줄이고 유행어 그런 거 티 나게 하지 마. 하고 싶으면 어쩔 수 없지만."

곰돌은 글을 쓰고 싶단다. 아직 잘 쓰지는 못하지만, 아무래도 이야기를 만드는 것이 '조금'(딱 곰돌이다운 표현이다) 자신이 있다고 한다. 영화나 웹 소설을 보면 '나라면 이럴 때 어떻게 이야기를 만들까' 하는 생각이 든다고 한다. 이야! 내가 제대로 된 스토리텔러를 낳았나 보다.

"정식으로 배우고 싶으면 이야기해. 엄마가 어떻게든 수업받게 해줄게."

부담스럽단다. 취미는 취미로 해야지, 엄마가 이렇게 갑자기 밀어붙이면 아주 부담된다고 한다. 곰돌은 나랑 다르다. 나는 어릴 때 우리 엄마가 더 투자하고, 더 밀어주고, 더 혹독하게 훈련시켜주기를 바랐는데 말이다. 사범대를 나와 사립학교 아이들에게 음악을 가르쳤던 나의 엄마는 간혹 그곳 학생들과 엄마들 이야기를 했다. 물론 그들이

▼ 일일일깡은 하루에 한 번은 비의 노래 〈깡〉을 시청해야 한다는 뜻을 담은 일종의 유행어다. 〈깡〉은 비가 2017년에 낸 미니 앨범 〈MY LIFE愛〉의 타이틀곡으로, 처음 2~3년은 말도 안 되게 오글거리는 가사와 안무로 혹평을 받아 묻히는 듯했지만, MBC 예능 〈놀면 뭐하니?〉에 소개되면서 온갖 패러디를 양산, 급속도로 인기를 얻기 시작했다. "(지훈이) 형, 어쩌다 그렇게 됐어"로 시작한 네티즌들의 '재치 만점, 폭소 댓글(지금 이 표현도 구리다고 타박받을 것이 뻔함)'이 인터넷을 달궜다. 그리고, 마지막 교정을 보고 있는 이 시간, 일일일깡 또한 철 지난 신드롬이 된 것은 물론이다.

얼마나 대단한지에 관한 것이었다. 부잣집 아이들이 다니는 곳이었으니까……. 부모님은 음악을 정식으로 공부하고 싶어 하는 나에게 "취미로 해. 음악은 상위 1프로만 성공할 수 있어"라며 말렸다. 그놈의 취미…… 취미로 하는 것이 내게 더 유리해서 그렇게 말렸을까? 돈 때문이었을까? 더 열심히 하라며 응원해주지는 못할망정 김을 빼놓는 부모의 말들이 내 인생의 발목을 잡았다고 생각했다. 하지만 나이가 들면서 오랜 시간에 걸쳐, 억울한 심정을 내려놓으려고 노력을 많이 했다. 그러나 내 마음속 어린아이를 들여다보면 이를 악물고 있는 욕심 많은 여자애가 아직도 엄마한테 이것도 하고 싶고, 저것도 하고 싶다고 조르다가 결국은 내쳐져 엉엉 울며 서 있다.

그런데 곰돌은 다르다. 무엇이 되고 싶다는 욕심이 크지 않다. 녀석의 속을 잘 모르겠지만 내 눈에는 하루하루 느긋하게 지내는 것 같다. 그러다 이제 차차 뭘 하고 싶은지 가닥을 잡는 길목으로 접어든 것 같다. 나는 곰돌이 걸어가는 길에 가로등이 되어주고 싶다. 길을 걸을 때 넘어지지 않게 잘 비춰주고 싶다. 이 길은 네가 가야 할 길이 아닌 것 같다며, 순전히 나만의 판단으로 가로등을 탁 꺼버리는 일은 하고 싶지 않다. 혹은 절대적인 태양으로 군림하여 저

하늘 높은 곳에서 이글이글 타오르며 애가 더워서 죽든 말든 엄마 욕심 다 해 먹는 짓도 안 하련다. 아이가 내딛는 발걸음만 옆에서 지켜보며 힘을 다해서 응원의 박수를 쳐주려고 한다. 가끔 호루라기 불면서 엄마 여기 있으니까 좀 더 힘내라고, 삐익! 알려줄 뿐이다. 고지가 얼마 안 남았다!

엄마가 최대한
늙어 보일 만한
사실들

엄마의 청춘

페이스북을 이용하는 중장년층 사이에서 #연말을_앞두고_내가_최대한_늙어보일만한_사실을_말해보자, 라는 챌린지가 유행이라고 딸에게 이야기했다. 그랬더니 한마디 툭 던진다.

"어른들도 참……."

일각에서는 이런 것 왜 하냐, 우리 늙은 건 모두가 아는데, 인스타 안 하고 페북에서 삐대고 있는 것 보면 모르냐, 그래도 재미있잖느냐 등등 의견이 분분했다. 그러면서도 다들 한 꼭지씩 글도 쓰고 댓글도 남기면서, 낡은 흑백 사진 속으로 추억 여행을 떠났다. 이 즐거움을 굳이 딸과 나눠보고 싶었다. 조금은 귀찮았겠지만 성실하게 답변해준 곰돌에게 감사.

① ⋯⋯⋯

국민학교였어.

엄마 학교 다닐 때는⋯⋯.

> 우리 학교 샘 중에서도
>
> 국민학교 다닌 분들 계셔. 알아.

② ⋯⋯⋯

한대화 선수 알어? 아홉 살 때였나.

한일전이 있었는데 한일전 하면 목숨 걸잖아.

> 야구를 잘 몰라서. 미안.

③ ⋯⋯⋯

박정희가 죽은 건 알아?

> 알아.

왜 죽었는지, 어떻게 죽었는지 알아?

> 그건 내가 어려서 그런 게 아니라,
>
> 역사를 몰라서 그래.

진짜 어떻게 죽었는지 몰라?

역사 시간에 안 배웠어. 지금 조선 시대 배워.

④ ···

지나가는 미군…… 아니다.

(너무 옛날이야기 같아서 관두려는 찰나!)

혹시 지나가는 미군이 초콜릿 주고 가는 그런 거?

그거 할아버지 세대 얘기잖아.

〈검정 고무신〉에 나왔어. 만화…….

〈검정 고무신〉?

엄마, 기영이 몰라?

몰라.

대박.

⑤ ···

엄마 학교 다닐 때는 차비가 60원에서

200원까지 올랐고 회수권 썼어. 지금은?

현금으로 1000원. 카드로 하면 750원일걸?

회수권 알아?

점으로 따다다다 나눠진 거? 드라마에서 본 적 있어.

⑥ ···

떡볶이가 열 개 100원.

지금은 싼 게 1000원. 안 싼 건 1500원, 2000원.

엽떡(엽기 떡볶이) 같은 데 가면 또 다르지.

⑦ ....

문방구 앞 오락기가 50원이었어. 오락기 알아?

갤러그나 제비우스…….

　　　　　오락기는 아는데 50원이 말도 안 되는 가격이야.

⑧ ....

소방차 알아?

　　　　　　　　　　　　　　　　　　자동차?

깔깔깔!!!

　　　　　아아~ 알아. 알아. 가수 얘기하는 거지.

　　　　　어젯밤에 난 네가 미워졌어. 나 이거 알아. 다 외워.

와우. 네 친구들도 알아? 얼굴은 모르지?

　　　　　　　　　　얼굴은 몰라. 노래만 알아.

⑨ ....

옛날에는 담배를 자판기에서 팔았어.

옛날에 사귀던 오빠가 자판기에서 말보로 사서

피웠던 것 기억난다.

　　　　　아, 엄마 뭐야~ 미성년자들이 사가면 어떡해?

　　　　　　　　　그런데, 그 아저씨 뭐 해?

몰라, 연락 끊겼어. 엄마의 라이벌이었던 언니랑 결혼했어.

왜?

왜긴, 결혼할 때가 되어서 그 언니를 만났으니까 결혼했겠지.

사랑해서 아니고?

결혼도 타이밍이야.

(심오한 대화로 이어져서 언제 끊나 잠시 고민했다)

⑩ ···

학교에서 겨울에 난로를 폈어.

우유팩을 태워서 연료로 쓰기도 했어.

학교 뒤에 잔뜩 쌓아놓고. 요즘 우유 급식 하나?

신청하는 애가 거의 없어서 잘 안 해. 난로는 있긴 해.

초딩 때 있었는데 엄마가 아는 그 동그란 거,

기다란 통 달린 거 아냐. 지금은 천장에 보일러가 있어.

그런데 보일러 잘 안 틀어줘, 짜증 나게······

교무실은 다 틀면서.

엄마 어릴 적 연통 난로 바로 앞에 앉은 애는

무릎 뜨거워 죽어. 엄마처럼 키 커서

맨 뒤에 앉는 애는 추워 죽어.

⑪ ···

버스 타면 빵모자 쓴 안내양 언니가 있었어.

〈검정 고무신〉에서 본 듯.

손님들 밀어 넣고, 버스에 매달려서 갔어. 사람 많을 때는.

위험해.

그렇게 돈 벌어서 집으로 보내고 그랬던 언니들이래.

⑫ ··

쥐 잡는 날이 있어서 숙제가……. (머뭇머뭇)

혹시 쥐꼬리 가져오기였어?

어.

〈검정 고무신〉에서 봤어. 으아아!!! 진짜였구나!!

쥐꼬리 하나에 연필 하나. 매달 27일이 쥐 잡는 날이었어.

친구 생일이 4월 27일이어서 기억나.

왜 친구 생일까지 기억해?

⑬ ··

넝마주이 아저씨가 있었어.

커다란 바구니를 메고 집게로 쓰레기 줍고 다니는 아저씨.

그거 무슨 돈이 된다고 했나 모르겠네. 월급제였나?

나 알아.

오, 아는구나. 〈검정 고무신〉에 나오나?

아, 아니구나. 내가 아는 아저씨는 똥물 아저씨야.

똥물을 치워주셔.

(세다!)

유리 겔라 아저씨 따라 한다고 고장 난 시계 잡고
"움직여!" 고함치기.

엄마…… 왜 그래…….

(이상하다는 눈으로 쳐다보는 곰돌. 한때 유리 겔라는 전 세계를 돌
며 신기한 마술쇼를 보여주었다. 그가 방송에 출연한 날, 온 국민이
텔레비전 앞에 모여 고장 난 시계나 숟가락을 갖다 놓고 유리 겔라
쇼를 봤다. 실제로 이모네는 시계가 움직였다는데…… 간절한 바람
이 우주의 기운을 움직인 걸까?)

옛날에는 우유가 유리병에 들어 있었어.
서울우유 유리병 배달 오면 그 위 종이 뚜껑에 묻은 우유가
그렇게 맛있었는데…….

깨지면 어떡해?

그리고 그거 알아?

아니…… 무조건 몰라. 완전 모를 예정이야.

채변 봉지 나눠주고 똥 담아 오라고 그랬어.
안 가져오면 애들 앞에서 바지 벗겨서 앉힌 선생님도 있었어.

엄마 3학년 때…….

으악! 왜 그래야 해?

(이 선생은 지금 생각해도 치가 떨린다. 그때 벗겨진 아이들의 충격을…… 어떻게 책임지려고. 황모 선생, 잘 살고 있나?)

검사하려고. 기생충 있나.

똥 검사는 안 해봤지. 소변 검사는 해봤어도…….

급할 땐 엄마 아빠가 도와주…….

아, 그만.

⑱ ···

애향단은 알어?

그게 뭐야?

주말에 동네 청소하는 것.

왜 그래야 해? 토요일에 나가?

아니, 토요일까지 학교 갔다가 일요일 아침에 나가.

학교에서 시키는 거야? 말도 안 돼.

⑲ ···

통행금지가 있었어.

시간 되면 위이이잉~ 하고 사이렌이 울렸어.

밤 12시까지? 알아. 〈검정 고무신〉에서 봤어.

그거 애들이 많이 봐?

어. 〈명탐정 코난〉 느낌이야. 애니메이션.

⑳

애국 조회 알아? 월요일에 조회해봤어?

초딩 때 했어. 지금은 안 해.

그럼 전교생 안 모여?

전교생이 왜 모여?

외부 행사에 나가서 상 탄 건 언제 받아?

조회 때. 방송에서 보여줘.

(한 공간에 전교생이 모인다는 개념이 낯선 곰돌)

전교생이 한 공간에 모이지 않아.

지금은 코로나19 때문에 더 안 모이지.

㉑

학교 입학할 때 이름표에 손수건 달았던 것 알아?

몰라. 왜 손수건을 달아?

난 이름표 초딩 때 달았나? 기억이 안 나네.

㉒

도시락 싸가는 건?

엄마는 급식 안 먹어봤어?

어. 근데 도시락에 흰밥 싸 가면 안 되는 날이 있었어.

혼났어.

　　　　　　그럼 뭐 싸 가? 돈가스나 소시지 같은 거?

밥은 가져가는데 일주일에 두 번인가?

쌀에 보리나 콩을 섞어야 했어.

　　　　　　　　　　왜? 쌀이 부족해서 그런 거야?

혼분식 장려 정책이라고 있었어. 분식, 밀가루…….

딸의 눈동자 초점이 흐려지고…… 점점 엄마 이야기에 관심이 없어지는 게 보였다. 이 정도면 됐다, 추억 여행.

언젠가 코로나19라는 거대한 팬데믹이 막을 내리면 학교도 못 가고 온라인으로 수업하던 것, 갓난아기 빼고 전 국민이 마스크를 쓰고 다녔던 것도 곰돌에게는 추억으로 자리 잡게 될 것이다. 그리고 미래의 역사 교과서에 '코로나19'를 주제로 한 내용이 남을 것이 분명하다. 악명 높은 유럽의 흑사병처럼. 곰돌이도 나중에 누군가에게 "너, 코로나19가 뭔지 알아?" 하면서 추억 여행을 할지도. 먼 훗날 역사 시험에 이런 문제가 나오지 않을까.

문제) 다음 중 2019년 11월 중국에서 최초 보고된 후 전 세계로 퍼져 202*년까지 범유행했던 전염병이자, 무증상 감염자 등 곳곳에 숨은 전파자를 고려해 전 세계 인구의 약 10퍼센트가 감염된 후 백신과 치료 신약의 개발로 '완전히' 정복된 전염병의 이름은?

2부

엄마는 나와의 약속을
늘 지키지 않아

부끄러움을　가르칩니다

한창 멋 부리기에 열을 올릴 나이 십오 세.

　매번 현장학습이니 수학여행이니 학교에서 행사만 있다 하면 곰돌은 '입을 옷이 없다'면서 옷을 사달라고 한다. 고루한 내 머리로는 도저히 이해가 가지 않는다. 장롱 문을 열면 쏟아져 내릴 듯 들어찬 티셔츠, 바지들은 뭐란 말인가. 더 속 터지는 것은 그중 안 입는 옷이 대부분이라는 것이다. 아까운 마음에 내가 번갈아 가며 입는데, 그러고 밖에 나가면 곰돌이 아주 칠색 팔색을 한다. 한번은 유행하던 까만 삼선 이소룡 바지를 아무 생각 없이 입고 나갔다가 곰돌에게 걸렸다. 그거 왜 입고 밖에 나가느냐고 반쯤 울려고 하는 바람에 이제는 자제하는 중이다. 아마 대부분의 여자 중딩 데리고 사는 집 엄마들의 고충이 이러하지 않을까. 하지만 사람의 감정 중에서 '싫어하는 감정'을 가장 많이 존중하라고 했으니 딸이 싫어하는 것은 절대 하지 말아야 한다.

딸이랑 옷을 사러 아웃렛에 가기로 약속했다. 공교롭게도 그날, 너무도 피곤한 날이었다. 나는 여자치고는 쇼핑을 무척 싫어한다. 입어보고 다시 걸어놓는 과정이 너무 귀찮다. 처음부터 쇼핑을 싫어한 것은 아니었다. 여기저기 들려서 이것 보고 저것 보고 하면서 내게 어울리는 아이템을 쏙쏙 고르던 때도 있었다. 그러다 요 10년, 15년 사이 재물운의 급강하로 느긋한 쇼핑은 언감생심이 되었다. 그냥 구경이나 할까 하고 계획 없이 옷가게에 들어가본 지도 오래, 감도 다 떨어졌다. 점원이 "어머, 이것 딱 어울리실 것 같아요" 하고 다가오면 부담스러워진다. 나의 이런 청승 때문에 어려서 마땅히 경험해봐야 할 최고의 경험, '소유하는 즐거움' 혹은 '고르는 즐거움'을 곰돌이 모르고 지나가는 것은 아닐까 걱정이 되기도 한다. 그도 그럴 것이 곰돌이 쇼핑한다고 나갔다 오면 한 벌에 만 원도 안 되는, 마감 처리도 잘 안 되어 있어서 실밥이 튀어나온 옷이나 이상한 액세서리만 초라하게 들고 오니 말이다. 이것 역시 딸에게 '안목'을 키울 '경험'을 주지 못한 탓이 아닐까. 딸 손에 카드 쥐어 준 뒤 뭣 좀 사서 오라고 하면 아직 중학생인 곰돌은 집에서 가까운 노원역에서 길거리 쇼핑이나 하면서 진짜 못 입을 옷을 사서 돌아온다. 옷 고를 때는 신나서 1만 원짜리 바지, 5천 원짜리 티셔츠만 잔뜩 담는다. 하지만 하룻밤 자고 일어나서 보면 그 엉성한 옷들이 어린 곰돌이의 눈에도 차지 않는다. 나는 다 반품하고 오라고 윽박지르고, 딸은 이 싸구려 옷을 다시 받아주겠냐며 울상이고……. 그간 수도 없이 전쟁을 치러댔다. 그 생각을 하면, 까마득히 열이 받아 같이 안 갈 수 없었다. 피곤에 절어 꺼칠한 얼굴로 딸내미를 데리고 아웃렛으로 가는 길…….

결국 우리는 싸우고 말았다. 곰돌은 자기 옷을 사러 가는데 엄마의 태도가 별로여서 화가 난 듯했다. 다른 애들처럼 화도 내고 소리도 지르고 그래야 오히려 내 속이 편한데, 성질 꾹 참으면서 엄마 눈치를 보고 있는 딸이 밉기도 하고 짠하기도 했다. 그때 곰돌이 입이 잔뜩 부은 채로 포문을 열었다.

"내 친구들은 30만 원짜리 패딩, 맨투맨 서너 벌씩 사서 입고 다녀.”

중학생에게 30만 원짜리 옷을 사주는 것이 이해가 가지 않았다. 패딩이 왜 몇 벌이나 필요해? 색깔 별로 다 가지고 있어야 하나? 나도 화가 나서 질렀다.

“옷 철철이 사주고 밤에 학원 뺑이 돌리겠지! 그게 제대로 키우는 거냐? 그걸 보고 맘충이라고 하는 거야!”

뜨끔, ‘맘충’이라니? 깊은 혐오, 폭력성을 내재한 중랑구 묵동의 한 갱년기 여인이 드디어 본색을 드러낸다. 이때 딸이 제대로 훅 치고 들어온다.

“아아, 나 지금 엄마한테 정떨어지려고 그래. 엄마가 능력이 없어서 나한테 못 사주는 거잖아. 엄마가 돈 없고 능력 없어서 옷 마음대로 못 사는 거잖아. 엄마가 본 적도 없고, 얘기도 한 번 안 해본 친구네 엄마들을 갑자기 왜 맘충 취급해? 집도 절도 없어서 딸 다른 집에 떼어놓고 키우는 엄마가 더 벌레 같아.”

…… 딸이 하는 말마다 족족 다 맞아서 반박을 할 수 없었다. 곰돌이 공부방은 우리 집에 없다. 잠은 대부분 바로 옆 아파트인 외할머니 댁에서 잔다. 내가 사는 집엔 방이 두 개 있지만 한 개는 침대 방, 다른 방은 곰돌의 동생 만두가 자는 방이다. 아주 오래전, 곰돌이 ‘아저씨’라고 부르는

새 아빠와 심정적으로 한 가족이 될 수 없음을 알았다. 그래서 이렇게 두 집 살림을 하고 있는 중이다. 곰돌과 나, 이렇게 한 집. 남편과 만두, 나, 이렇게 한 집. 컴컴한 밤에 하품을 쩍쩍 해가며 엄마 집과 할머니 집을 오가는 아이가 애처로울 때가 한두 번이 뭔가, 매일매일 그렇다. "엄마 안녕, 내일 봐" 하면서 뒤돌아 가는 곰돌의 뒷모습이 마음의 큰 짐이었다. 아이한테도 큰 짐이었을 거다. 얼마나 짜증이 날까.

"그래도 분수가 있는 거야! 30만 원이 뭐야? 지난겨울에 패딩 사줬잖아!"

"분수가 어디 있어? 돈 있으면 마음대로 사는 거지."

똑똑한지고. 맞는 소리다. 돈 있어서 제 맘대로 하겠다는데 누가 말리나. 그런데도 나는 우겼다.

"돈 벌기가 얼마나 어려운지 알아야 해! 너 큰 실수 하고 있는 거야. 돈줄 쥐고 있는 사람은 나야! 돈이 얼마나 무서운 건지 알아?"

점입가경! 나야말로 큰 실수를 했다. 평소 하던 돈 걱정, 살림 걱정, 팔자타령을 총망라하여 한 톨도 안 거르고 고스란히 딸한테 바가지를 씌우고 만 것이다. 이렇게 나는 꼰대가 되었다.

아웃렛에 가서 입 꾹 다물고 6만 5천 원짜리 맨투맨, 6만 9천 원짜리 청바지를 사주고 돌아왔다. 내 생각에는 이것도 비싸지만 참았다. 오늘은 더 이상 능력 없는 엄마가 되고 싶지 않아서. 고급스러운 디자인에 딱딱한 쇼핑백 두세 개를 들고 집으로 왔다. 양팔도 무겁고 마음은 더 무거웠다. 곰돌은 집에 와서 아무런 말도 하지 않고, 본인 가방을 챙긴다. 그러더니 할머니 집으로 횡 갔다. 아웃렛에서도 그렇고 오는 길에도 아무 말이 없던 곰돌이가 나갈 때 한마디 한다.

"엄마, 나는 나랑 생각이 다른 걸 엄마가 계속 이렇게 고집하고 말까지 안 통하잖아? 그러면 더 이상 소통할 수가 없어. 엄마가 가족 중에 남은 마지막 사람이었단 말이야. 내가 만두랑 얘길 해, 새 아빠랑 얘길 해? 잘 자!"

아이 장롱에 옷 좀 넘치면 어떤가. 그걸 왜 낭비라고 생각하고 촌스럽게 뜯어말렸는지 모르겠다. 옷을 많이 보고 사보기도 하고, 또 입어봐야 패션 감각이 생길 텐데, 왜 그걸 죄악시했을까. 이 와중에 갑자기 허튼 생각이 든다. 윤여정 배우▾의 장롱도 꽉 차 있을지 모른다. 어쩌면 방 하나가 다 옷이나 구두일지도 몰라. So what? 그럼 좀 어때.

게다가 이날은 너무 피곤한 날이었다. 몸은 마음을 담는 그릇이란 말이 딱 맞다. 그릇이 형편없으니 괜스레 있는 감정, 없는 감정 닥닥 긁어모아서 아이한테 쏟아내고 말았다. 아이가 쓰레기통도 아닌데 이런 식으로 내 마음의 쓰레기를 비운 것만 같아서 가슴이 너무 아팠다. 정말 엄마로서가 아니라, 인간으로서 이러면 안 된다. 이러한 자책은 백 번을 더 해도 된다.

속이 하도 상해서 소주 한 잔 마시는데 반병도 제대로 안 들어간다. 나의 마음은 결국 이렇게 고목나무처럼 말라 비틀어졌구나. "이 옷 어때?", "이거 예쁘다, 입어봐"라며 호들갑 떠는 엄마였다면 딸이 얼마나 신났을까. 그랬다면 나중에 커서 멋쟁이가 될 수 있을까. 어쩌면 지금도 패셔니스타가 될 수 있는 아이를 내 뇌피셜로 완전 초기 방역, 눌러 막아버린 것만 같다. 부끄럽다.

결국…… 곰돌은 맨투맨은 더 싼 것으로 바꾸고 청바지는

▼ 갑자기 왜 윤여정 배우가 생각났는지 모르겠다. 이 글을 쓴 날짜를 확인해봐도 오스카상을 수상하기 훨씬 전이다.

반품을 해버렸다는 슬픈 소식이다. 요즘 패션 방송 쪽 일을 하느라 자료를 샅샅이 뒤지면서 알게 된 것이 있다. 아, 6만 원대 청바지 따위는 '저렴이', '합리적 아이템', '가벼운 데일리룩'으로 분류되는구나. 후유.

떡볶이집엔　뭔가 특별한 것이 있다

학교 가는 길에는 항상 분식집이 많다. 그 옛날 내가 다니던 중학교는 학교로 걸어가는 길이 너무 길어서 떡볶이집과 문방구의 춘추 전국 골목이 펼쳐졌다. 어린 시절, 나는 샘도 많고 외로움도 잘 타는 성격이었다. 그래서 '사춘기 스타워즈'에서 이리저리 치이고, 상처도 많이 받았다. 지금이야 그런 인간관계가 밥 먹여주냐고 생각하는 아줌마가 되었지만(그러나 가끔 밥을 먹여줄 때도 있다!) 어릴 때는 미모사처럼 예민했었다. 여자 중학생들의 권력 싸움은 늘 떡볶이집에서 일어났는데, 옆에서 원숭이 몇 마리 낄낄대듯 남자 녀석들까지 합세해서 판이 커지면 그것도 볼만한 광경이었다.

국민학교 때 왕따를 몇 번 크게 당했다. 이유는 여러 가지였다. 키가 다른 아이들보다 커서 헤라클레스라고, 혹은 이름에서 따다 별명을 지어 황소 같다고 왕따를 당하기도 했다. 엄한 엄마 때문에 학교 끝나고 놀지도 못하고 집으로 가야 했을 때도 아이들은 내 뒤통수에 대고 쿵덕댔다. 엄마 눈치를 보는 내 처지도 처지였지만 아이들 역시 잔인했다. 천국은 어린아이들의 것이라지만 그들이 뭉치면 이면에 잔인한 면모가 드러난다.

그 영향으로 중학교에 가서도 친구들 사귀는 게 많이 어설펐다. 아이들이 나를 싫어할 것 같아서 늘 마음을 졸이느라 자연스럽게 다가가지도 못했다. 게다가 그 시절은 어느 반에 배정되어, 어떤 친구들을 만나든지 꼭 패가 갈렸다. 학기 초에 친해져서 도시락도 함께 먹고 쉬는 시간에 모여서 웨하스도 같이 까먹던 친구들이 있었는데, 어쩐 일인지 기억은 안 나지만 그 무리에서 나만 떨어져 사이가 멀어져버렸다. 섭섭한 마음이 드는 것을 삭히며 나도 다른 무리에서 놀았다. 새로운 무리에서는 버림받지 않기 위해 이런 방법을 택했다. 학교 끝나고 매일매일 즉석 떡볶이집에 아이들을 데려가 떡볶이를 사주었다. 내 용돈은 훅훅 빠져 나갔지만 무조건적인 조공, 이 방법이 마음 편했다. 그야말로 자존감이 단단하지 못했던 아이의 생존 방식이었다.

그 시절, 학교 앞에 '한가람' 분식집이 있었다. 젊은 부부가 하는 즉석 떡볶이집이었는데, 가게 한편에 유리 박스가 있었다. 쪽지에 신청곡을 써서 그 안으로 들이밀면 디제이 오빠가 마이크에 대고 음악을 소개하며 틀어주던 시절이었다. 그날도 아이들에게 떡볶이를 사주려고 우르르 들어가고 있었다. 날이 쌀쌀했던지라 떡볶이집에 들어서니 안경에 김이 뿍 서렸다. 앞은 잘 안 보이는데, 애들 사이에서 뭔가 싸한 기운이 느껴졌다. 학기 초 나랑 함께 놀던 아이들이었다. 그중 한 명이 "아이~ 재수 없어!" 하고 일어나니 같이 앉아 있던 아이들도 우르르 일어나서 나가버렸다. 나는 천군만마 내 친구들도 있겠다, 호들갑을 떨어댔다.

"쟤네 나가니까 속이 다 시원하다! 우리나 맛있게 먹자! 먹던 걸 저렇게 남기고 가냐?"

고추장, 짜장 떡볶이를 인원수대로 시켜놓고는 당당하게 디제이 박스로 갔다. 그때 그 발걸음, 힘이 다 빠져서 후들거리던 발걸음이 지금도 기억난다.

"아저씨, 〈붉은 노을〉 틀어주세요. 이문세요."

나와 같이 앉은 아이들은 떡볶이를 먹으면서도 쑥덕쑥덕 무슨 저런 애들이 다 있냐? 신경 쓰지 마, 못돼 처먹었네 하고 쫑알대며 위로를 해줬지만, 이미 마음은 상해버렸다. 이후로 나이가 들어 나는 점점 아웃사이더 혹은 회색분자에 가까워졌다. 술자리도 이쪽 갔다 저쪽도 갔다, 여기저기 껴도 무리 없는 정도로만 인간관계를 만들어나갔다. 1988년 그날, 떡볶이집 외나무다리의 만남은 다시 생각해도 진땀이 난다.

곰돌이 초등학교 5학년 겨울날, 어떤 친구 하나가 우리 곰돌이 얼굴 사진을 크게 확대해 우그러뜨려서 본인 인스타에 떡하니 걸어놓은 사건이 있었다. 더 나쁜 것은 "ㅋㅋㅋㅋㅋㅋ" 댓글들. 곰돌은 당연히 울고불고했다. 그 사진을 보니 내 얼굴에 칼질한 것처럼 마음이 아팠다. 엄마가 딸이랑 같이 울고 있을 수만은 없지. 당장 인스타 부계를 팠다. 혹시 몰라서 친구들에게도 부탁을 했다. 그 꼬마 녀석한테 인스타 친구 신청을 해달라고. 어린 친구들은 인스타나 페북 친구 백 명 만들면 그게 대단한 것인 줄 알고, 팔로우 신청을 막 수락하는 경우가 많다. 아싸! 내가 친구 신청을 했더니 바로 수락한다. 내 두 눈으로 직접 그 사진을 확인 후 바로 캡처해서 이러저러 사정을 이야기하고 담임 선생님께 보내버렸다.

이야기를 듣자 하니 다음 날 선생님은 빔 프로젝트 화면으로 사진 도용, 악플 등 여러 온라인 범죄에 대해 자세히 설명해주셨다고 한다. 그리고 지혜롭게도 인스타에 곰돌이 사진을 도용한 아이 이름은 언급하지 않고, 똑같은 사례를 들면서 이건 도용 즉 도둑질과 똑같은 범죄라고 아이들에게 이르셨다고 한다. 상황 끝.

35년 전이나 지금이나 교실 안 권력 싸움, 패거리 문화는 똑같이 일어난다. 아니, 지금이 더 맵고 세졌다. 하지만 사람이 태어나 사회에서 무리를 짓게 되면 이런 갈등을 반드시 거쳐야 하는 것 같다. 그래야 마음 근육도 단단해지고, 그 안에서 자기가 가야 할 길을 찾아 나갈 테니까. 내가 내 마음에 보호막을 치기 위해서 어느 정도, 반 아웃사이더의 길을 택했듯이 말이다. 너무 낮은 자존감 때문에 친구들에게 물질적인 조공을 바치고 그게 오히려 마음 편안했던 나의 과거를 딸이 되밟지 않기를 바라고 있다. 친구한 명, 한 명 동등한 인격으로 대하고 당당하게 할 말도 했으면 좋겠다. 하고 싶은 일도 함께 도우면서 해나가길 바란다. 물론 그 관계에서 갈등이 없을 리 없다. 갈등을 풀어갈 때도 불공정한 권력이 침투하는 일 없이, 어느 누구도 무릎 꿇지 않는 공정한 과정을 경험하기를 바란다.

옛날에는 중딩들의 스타워즈가 떡볶이집에서 일어났는데, 지금은 무대가 SNS, 밖에서는 편의점이나 카페로 바뀌었다. 지난주엔 곰돌이 이런 말을 한다.

"편의점에 친구들이랑 앉아 있는데 07들 너무 시끄러운 거야. 그래서 내가 저기요, 좀 시끄럽거든요, 하고 말했어. 아주 친절하게 했어. 그랬더니 벌떡 일어나서 뭐라 뭐라 하면서 가더라. 그 07들, 보니까 이번에 우리 학교 오는 것 같던데……. 아 진짜, 열 받아."

07은 학번이 아니고 그분들이 태어나신 연도다.

첫 키스 언제 해봤어?

지난 크리스마스에 곰돌이와 함께 영화 〈벌새〉를 봤다. 블록버스터나 판타지 영화가 아니라서 단박에 거절당할 줄 알았는데, 네 또래 이야기라고 보러 가자고 했더니 순순히 보겠단다. 영화에는 중2 학생 은희가 나온다. 고등학생 날라리 언니와 촉망받는 중3 수험생 오빠의 틈바구니에서 은희는 속이 시끄럽다. 뒷이야기야 보신 분들은 아실 것이고, 안 보신 분들은 재미없어질 테니 각설한다. 문제는 이 영화 보는 내내 묘한 긴장감에 아주 피곤했다. 옆에 앉은 딸이 신경 쓰여서 딱 죽을 뻔했다. 요즘 세상이 하도 흉흉

해서 혹시나 은희가 친오빠한테 강간을 당하는 건 아닐까. 여관은 못 가고 남자친구랑 노래방이나 비디오방▾ 같은 데서 자는 장면이 나오는 건 아닐까. 아무리 그래도 그 장면까지 딸하고 함께 보고 싶지 않았다. 그러나 쿨한 엄마로 보이고 싶었던 나머지, 짧지 않은 영화 상영 시간 내내 나이 먹어 저절로 나오는 '끙' 소리까지도 조심하려고 노력했다. 자칫 그 소리가 어휴~ 하는 힐난의 소리로 들릴까 봐 걱정이 되었다. 어둠 속에서 힐끔힐끔 옆을 보니 다행히도 딸은 씩씩하게 영화를 잘 소화해내고 있었다. 그런데 문제는 키스신. 중2 학생들이 키스를 한다.

"혀 한번 넣어볼래?"

속으로 민망해 미칠 것 같았지만 겉으로는 호탕하게 웃었다. 하!하!하! 내가 웃은 또 다른 이유가 있었다.

1988년 9월 17일, 하늘은 물감 풀어놓은 것처럼 파랬다. 초가을이라 여름의 기운이 남아 햇살도 강했다. 운 좋게

▾ 요즘도 이런 방이 있는가?

(?) 그 시절 남녀 공학에 다녔던 나는 우리 반 반장이었던 남자애를 좋아했다. 키가 나보다 머리 하나 작았던 '북어'라는 별명을 가진 친구였다. 그 애도 나를 좋아했다(아니, 분명히 그랬을 것이다!). 그 친구는 자기가 키가 작아서 나랑 어울리지 않을 거라며 매일 흰 우유 500밀리리터를 약이라 생각하고 마시고 있다고 했다. 이렇게 우유를 마시면 키가 클 거라면서. 언제부터인가 한두 시간씩 그 애와 매일 전화를 하기 시작했다. 그렇게 '사귀기' 시작했다. 우리는 언젠가 꼭 키스를 해보자고 약속했다. 그 친구는 자기 키가 클 때까지 기다려달라고 했다. 키스란 것이 어떤 것인지 전혀 몰라 한편으로는 두려워서 나 역시 그 시간을 미루고 싶기도 했다.

문제는 '집 빈 날'. 집이 비면 사달이 난다, 어른이나 애나 할 것 없이. 그날은 우리나라 현대사, 경제사의 커다란 터닝 포인트가 된 88올림픽 개막식 날이었다. 아빠는 무역회사를 하셨던지라 미국 본사 대표의 가족들을 초청하고 어렵사리 표를 구해 개막식에 가셨다. 동생은 어디에 있었는지 기억이 잘 나지 않지만 나만 집에 남았다. 대문이 쿵 닫히고, 엄마 아빠가 나간 것을 확인 후 신이 나서 안방 전화기가 있는 곳으로 까치발을 하고 뛰어갔다. 전화번호도 아직 기억난다. 905-4400. 북어는 그날 우리 집으로 은밀하게 초청되었다.

같이 음악을 듣자고 하면서 나는 테이프를 우르르 꺼냈다. 들국화, 다섯 손가락, 동물원, 유재하…… 그중에서 유재하 테이프를 꺼내 들었다. 그리고는 손으로 만지작만지작했다. 그 기다란 손가락, 잘 정돈된 깨끗한 손톱이 아직도 숨 막히게 기억난다.

"이게 유재하 테이프구나."

"어, 유재하."

"그래, 유재하야……."

그 아이는 입으로 유재하를 되뇌면서 눈은 나를 바라보고 있었다. 아, 지금인가. 으악, 생굴생굴!

내 첫 키스의 추억은 한마디로 '생굴'이다. 생굴이 내 입으로 한가득 밀려들어오는데 이걸 어떻게 해야 할지 몰랐다. 그런데 이 순간이 '첫 키스'라고 하는 거란다. 그로부터 30년도 더 지난 뒤, 딸과 함께 영화를 보면서 "혀 한번 넣어볼래?"를 듣고 속으로 생각했다.

'감독 경험담이네.'

아니, 정확히 말하자면 감독의 경험담이기를 바랐다. 깨알 같은 옛 기억의 한 폭을 도려내어 자신의 작품에 살포

시 끼워 넣는 것, 아주 근사한 일이니까.

일단은 엄마가 중2 때부터 이따위로 놀았기(?) 때문에 곰돌이의 중2가 더더욱 조심스럽고 괜히 걱정된다(이는 세상의 아빠들이 사내놈들은 아빠 빼고 다 늑대라며 딸들을 싸고도는 이유와 일치한다). 아직 곰돌의 반경은 안전지대 같다. 엄마가 되어보니 마음이 이렇게 치사해진다. 나는 놀러 다닐 것 다 다니고 해볼 것 다 해봤으면서 딸은, 제발 내 딸만은 그러지 말라고 빌고 있다. 그렇지만 누군가와 사랑하고 특별한 사이가 되는 건 정말 놀라운 경험이다. 사랑할 때의 설렘은 세상의 무엇과도 치환할 수 없는 어마어마한 감정이다. 사랑의 설렘에도 총량이 있다면 나는 아마도 인생 초반에 버닝해서 다 써버린 게 아닐까.

영화가 끝나고 자리를 옮겨 곰돌이와 함께 밥을 먹고 카페에 갔다. 삼청동 일대가 온통 커플, 커플, 커플 대전이었다. 여기를 봐도 커플, 저기를 봐도 커플. 물 반, 커플 반이었다. 그 난장을 물끄러미 바라보며 딸과 둘이 앉아 있었다. 딸은 본인 말로 '현재 14년째 모솔'이다. 아무리 봐도 남자애들이 안 멋있단다.

"그럼, 네 친구들은 남친 있어?"

슬쩍 변화구를 던져본다.

"은재, 남친 생겼어. 그 남자애 진짜 나쁜 애인데…… 은재만 몰라, 그걸."

오, 제법 '나쁜 남자'의 개념을 알고 있다.

"괜히 둘 사이에 끼어들지 말고. 둘이 알아서 하라 그래."

"응. 그래야지."

나쁜 남자 이야기가 나온 김에, 나의 첫 키스남의 이야기를 조금 더 이어보겠다. 둘이 행복하게 오래오래…… 같은 동화책의 결말은 아니니 말이다.

80년대 감성답게 우리는 거의 매일 편지를 써서 교환했다. 다른 교과서보다 크기가 좀 더 컸던 과학책 안에 편지를 몰래 집어넣고 우체통을 열어보듯 두근대며 교과서를 열어보았다. 쉬는 시간에 매점에 갔다 오거나, 체육 시간에 나갔다 들어오면 어김없이 편지가 과학책에 끼워져 있었다. 겨울 방학식 하는 날, '한 달 동안 학교에서는 못 보겠구나' 서운한 마음으로 과학책을 열었다. 그런데 편지 봉투가 아닌, 빨간 펜으로 쓴 쪽지만 덜렁 있었다.

[이제 다시는 연락하지 마.]

뭐라고? 어제저녁까지만 해도 멀쩡하게 전화도 하고, 과학책에 편지 곱게 써서 집어넣은 녀석이 왜, 갑자기! 방학식 끝나고, 학교에서 나오면서 가슴이 터질 것 같아서 참느라 혼났다. 빨리 그 친구에게 가서 이유를 물어보고 싶었다. 사람이 좋은 데에는 오만 가지 이유를 댈 수 있지만 싫은 데에는 한 가지뿐이다. 그냥 싫은 것이다. 그런데도 왜 묻고 싶었을까. 나는 우리 사이가 특별하다고 생각했다. 이유는 알고 돌아서는 것이 예의인 줄 알았다. 그 친구에게 변명의 자리를 만들어주고 싶었다. 그래야 내가 살 것 같았다. 결론은 뻔했다. 그 남자애는 2교시, 3교시, 4교시, 틈을 주지 않으면서 나를 피했고, 쉬는 시간에도 친구들에게 둘러싸여 환하게 웃고 있었다. 웃고 있다니…… 이런 쪽지를 보내놓고 아무렇지도 않은 척 웃고 있다니!

그날 밤, 이불 속에서 밤 아홉 시 뉴스 시작할 때까지 울다가 안 되겠다고 결국 생각했다. 그 아이에게 가야겠다! 나는 그 친구 집이 우이동 8번 종점 근처라는 것과 집 전화번호만 달랑 알고 있었다. 마음이 얼마나 급했는지, 머리에 말아놓은 구루프도 떼지 못한 채 외투만 걸치고 우당탕퉁탕 1층으로 내려갔다. 그 순간 엄마가 부른다.

"너 어디 가니?"

"갈 데가 있어."

"안 돼. 지금 몇 신데 나가?"

"안 돼! 나도 안 돼! 나가야 돼."

엄마한테 붙잡혀서 등짝만 몇 대 맞았다. 답답한 마음을 주체 못 하고, 엄마 앞에서 왜 이러고 자빠진 건지 말도 못한 채 꺼이꺼이 울고 말았다. 아마 엄마는 짐작하고 있었을 테지만…….

태어나서 처음 겪는 실연이었다. 남자친구한테 받은 상처와 그걸 어떻게든 치유하려는 몸부림으로 1988년도 겨울 방학은 모두 다 날렸다. '백구의 대제전'에 대한항공 최천식 선수를 보러 쫓아가봐도 내 머릿속은 그 남자친구 생각뿐이었다. '농구대잔치'에 가서 기아팀 선수들을 응원하고 있어도 그 친구한테 받은 상처로 가슴이 후끈거렸다. 그때의 나는 그전의 내가 아니었다. 세상에 재미난 일이 하나도 없는 듯 느껴졌다. 빨간 쪽지를 받고 난 후 며칠 동안은 밥도 잘 못 먹었으니 말이다. 인생에서 가장 발랄해야 할 중2 여자애가 이게 사는 꼴이란 말인가.

그 뒤 거친 풍파의 사랑앓이를 몇 번 더 앓았다. 대략 30여 년 동안 사랑이 왔다가 갔다가 아팠다가 나았다가 한 듯하다. 아, 사랑은 지겨워. 그래서 우리 곰돌의 잔잔한 마음이 더욱 경이로워 보인다. 경외심마저 느껴진다.

요즘 우리 아이들 섹스 첫 경험 연령이 만 13.6세라고 한다. 믿을 수가 없다. 편의점에서 중고생들에게 콘돔을 판다는 것도 얼마 전에 알았다. 곰돌이 친구들과 가위바위보에서 지는 바람에 총대를 메고 콘돔을 사 온 사건이 있었다. 그걸로 풍선 놀이하다가 걸려서 교무실에 끌려갔단다. 그런 대사건(?)이 없었으면 모르고 지나갈 뻔했는데 다시 생각해보니 어른들보다 중고생들에게 콘돔을 파는 것이 안전 확보 차원에서 확실한 것이 아닌가 하는 생각이 든다.

첫 경험 시기는 고등학교에 올라가는 그 시점, 아니면 겨울 방학이라고 한다(너무 이른 시기여서 놀랐다!). 그럼 어디서? 역시나 빈집인 경우가 많다고 한다. 그 외로 화장실, 옥상, 코인노래방 등이 있다고. 첫 키스의 추억에서 갑자기 섹스로 넘어오니 민망하지만 언젠가 딸도 거쳐야 할 관문이니 신경을 안 쓸 수 없다. 아, 생각조차 하기 싫다. 하지만 곰돌이는 조만간 어떤 누구와 키스를 할 것이고, 로맨스 판타지와 나른한 현실 사이에서 현자 타임도 겪을 것이다. 내가 그랬듯, 떠나간 사랑에 식음을 전폐하고 앓아눕기도 할 것이다. 학교에 안 가겠다고 할 수도 있고 오밤중에 울며불며 등 돌린 남자애 찾으러 간다고 목도리 칭칭 매고 집 나갈지도 모른다. 그러나 사랑이 다가오면 열정적으로 사랑하기를! 열병에 걸렸다면 그대로 앓기를 바란다. 사랑 때문에 속상하다면 술이야 엄마가 잔에 알뜰히 따라준다.

마지막으로…….

키스건 섹스건 장소가 가장 중요하다. 서로 얼마나 존중하느냐가 바로 장소 선택에서 드러나거든. 나중에라도 '아, 이 남자한테 배팅해봐야겠다, 사랑하고 싶다'라는 생각이 든다면, 코인노래방에 끌고 가지 말기를 부탁한다. 용돈 아껴서 괜찮은 모텔로 가라. '호텔'이라고 이름 붙은 데 말이야. 너를 사랑한다면서 화장실에서, 차 안에서, 옥상에서 널 짓누르려는 남자는 절대 만나지 말 것. 이건 계명이다, 사랑의 첫 번째 계명.

마지막으로! 남자친구랑 함께 밤을 보내고 싶거든 탄탄한 구성으로 시나리오를 짜서 엄마가 절대 모르도록 치밀하게 속여줘.

Epilogue

첫 키스남과 마흔이 넘어서 만난 적이 있다. 온라인에서 우연히 마주친 후 누가 먼저랄 것도 없이 약속을 잡고 삼성

동의 일식집에서 만났다. 그때 물었다.

"그때 글씨 왜 빨간색으로 썼어?"

"너 떼어내려고. 나한테 완전히 상처받아서 다시는 돌아
보지 못하게 하려고."

이 답을 듣고 소주 원샷했다. 왜 떼어내려고 했냐고 이
유는 묻지 않았다. 나는 이미 알고 있었거든.

기말고사란 　 것을
　　　　　 처음 치는 중2의 절규

일 마치고 집에 가니 곰돌이 식탁에 앉아서 열심히 고개를 숙이고 뭔가 하는 중이다. 뭐 하냐고 물어봤더니 놀라운 답변이 돌아왔다.

"기말고사 본 것 채점해."

딸이 기말고사를 보았다. 이 사실을 어제 알았다. 아이가 수행평가는 가끔씩 보는 것 같아서 어떠냐, 잘 봤냐 물어보기는 했었다. 그런데 기말고사라니?

곰돌이 다니는 중학교는 '자유학기제'라는 것을 운영해서 1학년 때는 시험도 치르지 않고 적성과 나아갈 분야를 찾는 데에만 매진한다. 그러니 곰돌은 중2가 되어 처음으로 기말고사라는 형태, 수업을 하지 않고 3~4일 시험만 치르고 집으로 돌아가는 형태의 학기말 시험을 경험했다. 코로나19 때문에 학교 수업을 제대로 받지 못한 채 시험을 봐야 하는 역사상 전무한 팬데믹 시국, 중딩들의 공부력 각축전!

"어때?"

"비 내려."

"눈은 안 내려?"

"몰라. 말 시키지 마."

아무래도 성적이 시원찮은 모양이다. 슬쩍 시험지를 넘겨다보니 폭풍우가 강하지는 않다. 동그라미도 몇 개 보인다. 곰돌은 한참 심각한 얼굴로 시험지를 노려보더니 속이 상해서 도저히 점수를 엄마에게 말해주고 싶지 않단다. 그러라 했다. 내가 곰돌의 점수를 안다고 학력이 상승하는 것도 아니니 말이다. 지난 한 학기 동안 온라인 클래스(줄여서 온클)로 진행된 학교 수업은 곰돌에게 엄청난 행복감을 주었다. 6학년 겨울 방학부터 중학교 입학하고 나서 첫 달까지, 곰돌은 강북의 8학군이라는 중계동 학원가에서 가장 거대하고 강력한 학원에 다녀보고 난 뒤 본인은 학원

체질이 아니라고 결론을 내렸다. 내 눈에도 학원과 집을 오가는 딸의 모습은 전혀 행복해 보이지 않았다. 어린 내 모습이 생각났다. 실시간 경쟁이 뜨거운 수업 시간, 어디서 총알이 튈지 모르는 전쟁터와 같은 그곳에서 정신 줄 가다듬으며 공부하기에는 나의 독해력과 이해력이 굼떴다. 나의 경우는 집에 가서 혼자 생각하고 홀로 터득해서 답을 얻은 후, 다음 단계로 넘어가는 공부 방법이 훨씬 잘 맞았다. 솔직히 말해서 선생님도 필요가 없었다. 이미 떨어질 대로 집중력이 떨어져서 선생님이 하는 말씀이 하나도 이해가 안 갔다. 선생님의 첫사랑 이야기만 귀에 쏙쏙 꽂힐 뿐. '집에 가서 혼자 다시 봐야지' 하는 생각으로 수업 시간의 모든 사고思考를 방과 후로 밀어놓았던 것 같다.

그래서 딸의 입장이 이해가 갔다. 바로 학원을 그만두라고 했다. 딸은 도로 행복해졌고 나는 곰돌이 밖에서 사 먹는 밥값과 학원비, 그리고 지각해서 타는 택시비까지 합쳐서 7~80만 원을 절약할 수 있었다.

"그럼 과외 할래?"

역시 싫단다. 누추한 실력의 바닥을 다른 사람에게 보여주고 싶지 않단다. 여간 자존심이 센 것이 아닌 곰돌의 성정이 드러난다.

"혼자서 공부할 수 있겠어?"

그건 더더욱 아니란다. 그래서 온라인 학습을 권하려던 차에 코로나19, 망령 난 바이러스가 전 세계에 퍼졌다. 학교 수업은 그전까지는 도저히 상상 불허, 불가였던 온라인 학습으로 진화했다. 진화인지 퇴보인지는 아직 판단할 수 없지만, 곰돌의 학습력은 온클에서 두각을 나타내기 시작했다. 아니, 정확히 이야기하면 학력만 높아진 것이 아니라 행복 지수가 엄청 올라갔다. 아침마다 한두 시간 화장하면서 등교 준비 안 해도 되고, 자다가 일어나서 개기름 낀 얼굴로 수업을 들어도 되니 너무 편하다고 했다. 수업 틀어놓고 졸리면 자고, 가끔 진짜 공부하고 싶은 의욕이 들 때는 아무 때나 영상을 틀어볼 수도 있고. 고등학교 졸업할 때까지 온클로 공부했으면 좋겠단다. 그럼 친구는? 그랬더니, 이렇게 편하고 좋은 방식이라면 친구는 잠시 뒤로 미루겠단다. 중계동 학원가 삽질을 진작 관두고 인터넷 강의나 1년 치 끊어줄 걸 그랬나 하는 생각이 들었다.

나는 십 대 때 그리 좋지 않은 성적으로 항상 주눅이 들어 있었다. 중학교 들어가기 직전, 반 편성 고사에서 전교 3등을 했다는 소식을 담임에게 전해 들었다. 그래서 그런가? 1학년 3반이 되었다. 그런데 3월 말 첫 월말고사에서 수학 20점이라는 엄청난 구멍을 내고 반 등수 27등을 기록하고 말았다. '27'이란 숫자가 아직도 잊히지 않는다. 그때는 55명 정도가 한 반에 있었으니 딱 절반, 중간 정도의 성적이라고 볼 수 있다. 그래도 나는 기가 막혔다. 국민학교 때 항상 1등 하고 앞에 나가서 상 타고 그러다가 27등으로 전락하고 나니 나 자신도 이런 상황을 받아들이기가 힘들……긴 뭐가 힘들어!! 힘듦 따위 느끼기도 전에 엄마의 매타작이 시작되었다.

나한테 기대를 잔뜩 했던 담임이 저녁에 성적표가 출력되자 집으로 전화를 했다! 생생하게 기억난다. 그때 저녁을 먹고 있었다. 거실에서 전화벨이 울렸고 내가 전화를 받았다.

"담임인데, 너 27등이야."

숫자가 생소해서 네? 하고 되물었다.

"너 이번에 27등 했다고."

"그게 뭐예요?"

"뭐긴 뭐야. 엄마 바꿔봐."

지금 생각해봐도 너무나 폭력적인 대화다. 27등 좀 하면 어때? 반에서 중간인데, 하늘이 무너진 양 저녁을 먹고 있는 평화로운 집에 전화까지 넣을 일인가. 모르긴 몰라도 이 담임은 이렇게 해서 우리 엄마한테 공포심을 잔뜩 조장한 후 〈아이템풀〉 학습지를 구독시키던지, 다른 비싼 참고서를 구매하게 해서 학교 앞 '동양서림' 주인하고 반띵 하든 2대 8로 가르든 했을 것이다. 실제로 그 당시 우리 학교에서는 상상 불가의 이런 악질 행위가 비일비재했다. 심지어 한 수학 선생은 부잣집 딸 개인 과외를 하면서 자기가 낸 시험 문제를 통째로 전해주기도 했다. 그런데 문제는 부잣집 따님께서 너무나 착한 아이였던 것. 어디서 소문을 들은 친구들이 시험 전날 걔네 집 앞으로 스타벅스 레디백 구해보겠다고 오픈런 뛰듯 뭉게뭉게 모여들어 시험 문제가 모조리 유출되기도 했다. 나도 그중 한 명이었다. 지금이라면 바로 철창에 들어갈 만한 일들이다.

여하튼 나는 저녁밥 먹다가 말고 시작된 엄마의 매질에 곤죽이 되어버렸다. 선생님 앞에서 쪽팔림과 절망감이 화르르 정면충돌한 우리 엄마는 손에 집히는 대로 다 집어던졌다. 결국 나는 〈아이템풀〉을 풀어야만 했다.

곰돌이에게 이날의 아비규환을 이야기해주었다. 그 뒤

로는 늘 평균 85점에서 90점을 왔다 갔다 하면서 90점 기준선을 넘느냐 마느냐에 사활을 건 양 비실비실 중학교 생활을 마쳤다고.

"공부 잘했네. 그 정도면······."

곰돌은 쿨하게 반응했다. 시험 엄청나게 못 본 것 치곤, 너에게는 패배의 그림자가 드리워진 것 같지 않다고 말했더니 지금 족발 먹고 있어서 그림자가 드리워질 시간이 없단다. 족발 다 먹고 틀린 것 다시 풀어봐야 하는 것 아니냐고 물었더니 이런다.

"가슴이 아파서 다시 못 풀겠어."

틀린 문제가 가슴이 아파서 차마 풀지 못하고 그냥 흘려보냈던 내 중고등학교 시절이 떠올라서 깔깔대고 웃었다. 어쩜 이리 나랑 똑같지. 그때는 오답 노트를 정리하려면 교과서, 참고서를 아무리 뒤져도 답이 안 나오는 경우가 수두룩했다. 교과서 위주로 차근차근 공부했다는 전국 1등 녀석들의 인터뷰 따위 안 믿는다. 그런데 요즘은 유튜브에서 설민석이 역사 가르쳐줘, 온라인 검색하면 나무위키에 별별 지식 다 나와, 와우, 그뿐이냐! 심지어 논문 검색까지 되니 국회도서관 안 가도 어느 정도 수준의 자료들은 손쉽게 얻을 수 있다. 그것 보고 공부하면 되잖아. 답답도 해라!

중학교 1학년 시험에 지긋지긋하게 나왔던 청록파 3인 박목월, 조지훈, 박두진에 대한 정보도 구글에 검색하면 가족 관계까지 좌르르 쏟아진다.

"엄마가 요즘 중학생이었다면, 전교 1등 했어."

이렇게 말한 뒤 당연히 곰돌에게 한마디 들었다. 별다른 의도 없이 딸에게 제안했다.

"공부를 한 다음에 시험을 쳐봐. 점수가 잘 나오면 재밌어져."

"지금, 공부하기 싫어서 짜증 나는 건데 뭔 소리야, 엄마."

"공부하면 짜증이 안 나지."

얘기해놓고 정신을 차려보니 웬 끝도 없는 뫼비우스 띠와 같은 궤변인가 싶다.

"공부를 하잖아? 머리가 지식을 튕겨내는 것 같아. 머리에 안 들어오는 것을 확인한 순간, 하기가 싫어져."

공부가 하기 싫은 이유가 너무나 명확해서 신박했다.

"좀 전에 공부했는데, 머리를 감으면서 다시 외우잖아? 그럼 또 까먹었어. 이미!"

"무조건 외우지 말고 이해를 하면서 외워야지."

아! 맙소사. 80년대 중학교 선생님들이 했던 이야기를 내가 지금 반복하고 있다.

"그게 잘 안 돼. 그럴 때마다 내가 빡대가리 같아."

빡대가리 중2 곰돌은 여하튼 이번 기말고사에서 공부하는 방법을 다 까먹는 바람에 잘 못 봤지만, 다음 시험은 감 잡고 잘 볼 수 있을 것 같단다. 공부 시간은 전교 1등인데 시험은 개판 친 아이들보다, 공부 전혀 안 하고 개판 친 자기가 조금 더 멋있어 보인다는 약간 이상한 논리도 덧붙이며……

레이저로　　없애야
　　　　　　　　된다니까!

곰돌이 대뜸 신용카드를 달라고 한다. 피부과에 가봐야겠
단다. 곰돌은 다한증이 있어서 손이 늘 축축하게 젖어 있
거나, 가뭄 맞은 논바닥처럼 빠짝 말라 있거나 둘 중 하나
다. 게다가 요즘은 '길고양이 밥 주기 운동'에 푹 빠져서 그
런지 손에 습진까지 생겼다. 그것 때문에 가나 보다 생각
하고 군소리 없이 신용카드를 건네주었다. 그날 저녁 혼자
피부과를 다녀온 곰돌, 티셔츠 소매를 슥 걷어 팔을 들이
민다.

"엄마, 이거 모공 각화증이래."

팔을 보니까 빨간 점이 우다다다 박혀 있다. 징그럽지는 않았다. 사춘기 때라 호르몬이 왕성하게 분비되어서 그런가 했다. 십 대가 되면 남자나 여자나 가리지 않고 여드름이 심해지고, 방문 열어젖히면 말 그대로 '농구하고 돌아온 남자 고등학생' 냄새가 펑펑 나니까.

"손에 습진은?"

"그건 안 봤어. 이거 레이저 해야 된대."

지금 습진이 급하지, 모공 각화증이 뭐 그리 중요한 거라고 이럴까. 하긴 나도 어려서 팔뚝 윗부분에 있었던 것 같기도 하다. 때 박박 밀면서 없어졌던 것 같기도 하고 말이다.

"엄마, 내 말 잘 들어봐. 이거 레이저 해야 한대. 의사 선생님께서……."

이러면서 팔을 뒤집어서 계속 거울을 들여다보는데 아, 나라 잃은 표정이다. 굉장히 걱정되나 보다. 나는 속으로 뭐 이런 거로 신경을 쓰나 싶었다. 워낙 곰돌은 매사에 긴장도가 높고, 정적이고, 예민한 아이니까 하고 넘어가려는 순간!

"엄마! 레이저로 없애야 된다니까!"

세 번째 레이저 이야기가 나왔다.

"그건 네가 돈 벌어서 해야지."

이 말을 뱉은 후, 나 스스로 진짜 놀랐다. 어디서 많이 듣던 소리인데 그 말이 내 입에서 튀어나오다니!

✦

대학 1학년 여름 방학 때 성당 주일학교 선생님들이랑 같이 부산으로 여행을 갔다. 같이 주일학교 일을 하던 친구랑 버스에 나란히 앉아 이런저런 이야기를 하고 있는데 그 애가 갑자기 내 얼굴을 유심히 보더니 이런다.

"너 얼굴에 뭐가 생겼는데? 점인가?"

이러면서 오른쪽 눈 아래를 손으로 쓱쓱 문질러 지우려고 한다. 화장품 뭉친 건가, 이러면서 계속 문지른다. 나 역시 거울을 보면서 '이상하다, 이런 게 왜 생겼지' 하고 이런저런 원인을 떠올리면서 몹시 속상했었다. 오타모반이라고 불리는 원인 모를 반점이 얼굴에 생긴 것이었다. 오타모반은 얼굴, 특히 눈 부위에 나는 옅은 푸른색 혹은 밤색의 점이다. 컨디션이 안 좋거나, 전날 술 많이 마신 날은 누구한테 맞은 것처럼 더 진하게 올라오기도 한다. 이 반점 때문에 스무 살 아가씨의 마음도 함께 멍이 들어갔다. 화장을 하면 얼추 가릴 수 있었지만 그때는 단 하나의 잡티도

용납이 안 되던 도자기 피부 시절! 지금이야 기미에 잡티에, 검버섯 비슷한 것까지 얼굴 한가득 만화방창하고 있어서 반 이상 포기했지만 말이다.

그때 다니던 학교 앞에 '우태하 피부과'라고 유명했던 병원이 있었다. 거기에 가서 이 반점의 정확한 명칭과 레이저 시술 견적을 받아왔다. 이 모반은 색소가 피부층 깊은 곳에 자리해 1회 시술 가지고는 턱도 없단다. 당시 내 기억에 서너 번의 시술을 연달아 받아야 했는데 엄청 고가였다. 아무리 알바를 한다고 해도 혼자 감당할 수 없는 금액이었다. 결국 나는 엄마랑 담판을 짓기로 했다. 우리 엄마는 미용, 뷰티에는 전혀 관심이 없었다. 아니 관심이 있어도 '엄마의 방식'으로만 관심을 가져서 내 피부가 뭐가 문제인지 몰랐다. 그 사실을 알고 있었지만 레이저를 위해서 나는 필사적으로 졸라야만 했다.

"예쁘구먼, 어디에 점이 있다는 거야. 엄마는 안 보여."

엄마는 내 얼굴의 반점이 보이지 않는단다. 답답해서 울고 싶었다. 화장을 지우면 빤히 보이는 이 반점이 왜 안 보인다고 하는 건가! 마음의 눈을 감고 있으니 보이지 않는 것이 틀림없었다! 엄마 눈에는 안 보여도 되니 레이저 시술만 시켜달라고 했다. 엄마는 반점이 아프냐고 물었다. 당연히 안 아프지. 점이 아픈 사람이 어디 있어. 악성 흑색종이라면 모를까.

"아프지도 않은데 뭐 하러 해. 레이저를……."

"엄마, 진짜 나, 이거 해야 한단 말이야. 얼굴 어떻게 들고 다녀. 더 진해지면 어떡해."

"그럼 네가 돈 벌어서 해. 네가!"

두둥~ 커다란 벽에 가로막힌 듯 절망스러웠다. 얼굴에 덮인 이 점을 어떻게 빼낸다? 비싼 레이저 시술이 원망스러웠다. 엄마를 몇 차례 더 조르고 졸라 결국 시술 비용을 한꺼번에 지불하는 게 아니라, 필요할 때마다 1회씩 시술을 받되, 그 비용은 나중에 나누어 엄마한테 갚기로 했다. 결국 '네가 돈 벌어서 하라'는 엄마의 조건이 이루어진 순간이었다! 오타모반 레이저 시술을 받은 이야기를 하려면 기나긴 한 타래다. 지금부터 25년도 더 된 시절이니 레이저 기기가 지금과는 비교 불가이고 의사들의 기술도 당연히 지금보다 안 좋았을 것이다. 나는 병원 의자에 누워 사람 살을 태워도 돼지 삼겹살 굽는 냄새가 난다는 것을 처음 알게 되었다. 마취 크림을 바르고 시작했는데 마취가 하나도 안 되어 있었다. '우태하 피부과' 개원 이래 이렇게 목청 큰 환자는 처음이었다고 한다. 내 얼굴에서는 피가 철철 나고 난리가 났다. 지금 생각해보면 정상적인 치료 과정이었는지, 의료사고였는지 알쏭달쏭하다. 레이저를 했는데 어떻게 메스를 댄 것처럼 피가 많이 날 수 있는지? 얼굴에 붕대를 감고 한 달 가까이 다녔던 것 같다. 하지만 그때는 얼굴 껍질이 다 까지더라도 오타모반의 흔적을 전부 걷어내고 싶었다. 아름다운 백옥 피부를 가질 수만 있다면 출혈 정도는 감내할 각오가 되어 있었던 젊은 청춘!

얼굴의 상처가 가라앉고, 다음 시술을 해야 하는데 엄마가 또 버티고 섰다. 엄마는 얼굴에 붕대를 감은 나를 보더니 더더욱 고집을 부리기 시작했다.

"야, 그 난리를 치고 고생하고. 얼굴에 점이 어디 있어? 아으, 몰라, 몰라. 네가 나중에 돈 벌어서 해."

그러면서 지금도 또렷하게 기억나는 희대의 명언, 우리 엄마 어록 사상 그랑프리에 빛나는 말씀을 하시게 된다.

"의료 시술 같은 것은 두고두고 기다렸다가 나아~~중에 받고 그러는 거야. 그래야 기술이 발달해서 돈 들인 만큼 값을 하지."

엄마 말이 머리로는 이해가 갔다. 하지만 나는 마음이 급하다고, 마흔 살, 쉰 살까지 기다렸다가 하면 무슨 소용이냐고 했다. 그때 '마흔'은 무척 늙었다고 생각하고 말한 건데 벌써 마흔하고도 몇 해가 쏜살같이 지나버렸다!

✦

"우리 따님, 레이저 하고 싶으면 당연히 해야지."

"정말? 해도 돼?"

"신경 쓰이는데 어떻게 그냥 지내? 비싸도 레이저 해야지. 다른 곳도 아니고 피부인데. 걱정하지 마."

"와, 진짜!!!"

이 말들은 사실 모두 내가 듣고 싶었던 말이었다.

지금이야 곰돌이 중2 소녀, 미성년자이니 백 퍼센트 경제적으로 내가 책임을 지지만 나중에 곰돌이 스무 살 넘은 성인이 되었을 때, 엄마는 어디까지 책임져야 할까? 이 문제로 이십 대에 엄마랑 많이 싸웠던 기억이 난다. 나는 학교 다니랴, 알바하랴 너무 힘든데 엄마는 스무 살이 넘었으면 당연히 스스로 앞가림해야 하는 거라고 압박을 줬다. 엄마가 너만 할 때는 돈도 벌고, 식구들까지 먹여 살렸다면서……. 아무리 그래도 21세기, 지금의 이십 대는 그럴 수가 없다. 고등학교를 졸업하자마자 사회 시스템이 그들을 빚쟁이로 만든다. 웬만한 파트타임으로는 먹고살 길을 해결하거나 한 학기 등록금을 충당할 수 없다. 그렇다고 그들의 부모들이 모두 넉넉한가. 차라리 우골탑을 쌓게 내다 팔 소나 있었으면 좋겠다. 부모의 지원을 제대로 받지 못하고 자수성가한 우리 엄마는 자신이 경험해온 만큼, 보아온 세상만큼 딱 그만큼, 혹독하게 나를 독립시켰다. 그러니 레이저 시술도 엄마의 도움 없이 하기를 바랐을 것이다. 더 정확하게 말하면 이런 시술에 돈을 쓰고 싶지 않았을 것이다. 엄마한테는 그것이 너무나 당연한 일이었을 것이다. 그래도 딸인데, 여자 얼굴에 갑자기 점이 생겼는데, 그게 그렇게 해주기 힘든 일인가. 엄마와 나 사이에 오래 묵은 대립각이 지금의 곰돌이에게도 알뜰히 반영되는 것만 같다. 내가 받지 못한 마음이 반영되는 게 아닐까.

우리 곰돌, 딸인데…… 한창 예쁠 나이인데, 레이저 해줘야지. 그럼!

"엄마, 의사 선생님이 그러는데 인그로운 헤어라고 각질 때문에 살 밖으로 자라지 못한 털이 안으로 파고 들어가서 염증도 일으키고……."

"근데, 그거 언그로운 아니야? 아직 '안' 자란 털?"

자신 있게 말했는데 검색해보니 딸 말이 맞다! 인그로운in-grown 헤어다! 아, 창피해!

탄수화물은 절대 안 돼?!

곰돌은 조금 통통한 편이다. 내 눈에는 그 통통함이 몹시도 귀엽고 예쁘다. 하지만 정작 본인은 불만이 많다. 당연하다. 유튜브를 봐도 연예인 뺨치는 크리에이터들이 아무리 먹어도 여봐란듯이 날씬한 몸매를 뽐내고 아이돌은 말해서 무엇 하나. 그녀들의 젓가락과 같은 몸매를 보면서 자신의 아톰 다리를 용납하기란 쉽지 않을 것이다.

곰돌은 과자나 빵도 초콜릿 맛을 좋아하고, 완전히 육식 러버에다가 채소나 생선은 입에 대려고 하지도 않는다. 저러다가 변비가 생기면 어떡하나 싶을 정도로 채소는 먹지 않는다. 과일 또한 그렇게 즐기는 편이 아니다. 통통한 체형을 가질 수밖에 없는 식생활인데, 어느 날 갑자기 위기감을 느꼈는지 한동안 유튜브에서 '땅끄부부' 등 홈트레이닝 채널 서너 개를 조합하며 열심히 따라 하기 시작했다. 그렇게 땀 흘린 지 대략 두 달여, 절망스럽단다. 곰돌이는 나처럼 운동에 재미를 느끼지 못하는 성격이라, 자연스럽게 운동으로 드라마틱한 몸의 변화를 보기가 어려웠다. 그렇다면?

결국 곰돌은 먹는 것을 조절하기 시작했다. 그렇게 좋아하던 초콜릿 과자, 음료수를 다 끊었다. 코로나19로 학교도 안 가고 집에 틀어박혀 있는 녀석에게 딱히 조리라고 할 것도 없이 풀때기에다가 두부 정도만 제공하면 식사는 완성. 샐러드 매일 바꿔 먹을 수 있게 샐러드 5종, 8종 세트도 사놓았다. 곰돌은 두 달 만에 7킬로그램이 빠졌다. 내내 배고프다고 노래를 부른다. 그러면서 뭐는 먹으면 안 되고, 뭐는 되고 엄청나게 따져대는데, 과연 인간의 삶을 행복하게 영위할 수 있을지 걱정이 되는 단계에 이르렀다. 강박, 다이어트하는 이들을 가장 힘들게 하는 것, 그러나 가장 슬기롭게 극복해야 하는 것이 이 강박이다.

어려서 잠시 캐나다에 살았다. 그곳 친구들은 무척 건전하게도 볼링을 하거나 테니스를 치며 여가 시간을 보냈다. 나도 고등학교 올라가던 해 겨울 방학에 테니스를 배운 터라 자연스럽게 친구들과 매일 운동을 하게 되었다. 재미로 시작한 테니스를 두어 달 치다 보니 놀랍게도 살이 빠지기 시작했다. 지금 고등학생들은 안 그렇지만 내가 학교 다닐 때만 해도, 특히 한국의 여자 고등학교에는 책상에만 앉아 있어서 뚱뚱한 친구들이 많았다. 나 또한 '대학 가면 살 빠진다'는 엄마들의 보편적인 거짓말에 희망을 걸며 웨하스, 붕어싸만코를 늘 입에 달고 살았다. 나도 예외는 아니어서 한국에서 교복 입고 학교 다닐 때는 먹고 싶은 것 다 먹고 꽤 투실투실했었다. 그렇게 한 덩치 하면서 십몇 년을 살다가 살이 빠지니까 거울 보는 게 무척 신이 났다. 몸으로 느껴지는 감각도 가볍고 좋았다. 살을 빼지 않을 이유가 없었다. 지금의 운동량을 유지하면서 먹는 것까지 줄이면 어떨까? 더 날씬해지고 예뻐지겠지? 친구들과 테니스 매치를 계속하면서 수영장까지 나가기 시작했다. 저녁을 먹고 나면 그 칼로리를 태워 없애야 한다는 생각에 빠져 있었다.

배가 납작해지는 것을 손으로 만져서 확인한 후 집으로 돌아왔다. 배가 고프니 잠이 올 리 없었다. 부지기수로 밤을 새웠다. 어떤 날은 새벽까지 기다렸다가 아침 6시에 식빵 한 조각을 먹고 다시 잠을 청하기도 했다. 밤에 먹고 자는 건 스스로 용납할 수 없었다.

아침은 다이어트 셰이크로 때웠다. 그러고 나서 점심시간이 오기만을 기다리는데, 점심 한 끼가 하루 중 가장 많이 먹을 수 있는 식사였다. 어느 누구도 이런 생활을 내게 강요하지 않았다. 내가 정한 규칙이었다. 엄격하기가 이를 데 없는 거의 탈레반 급 원칙이었다. 안 지키면 셀프 참수의 자책감에 시달렸다. '다이어트 강박증'이 시작된 것이다. 한국에 돌아왔을 때 나의 살 빠진 모습을 보고 다들 깜짝 놀랐다. 한 선생님은 혹시 결핵에 걸린 것 아니냐고 우리 엄마 손을 붙들고 이야기했단다. 피골이 상접해서 갈비뼈가 드러날 지경이었지만 그걸 보면서도 다이어트를 그만둘 수 없었다. 꿈의 40킬로그램대로 진입하는 것이 일생일대의 소원이었기 때문이다.

이상하게도 매년 미스코리아 대회가 시작되면 엄마는 꼭 시간을 맞춰 텔레비전을 틀고 어린 내게 보여주었다. 입 벌어지게 화려한 귀걸이와 풍성한 머리를 한 예쁜 언니들이 예쁜 옷과 수영복을 입고 나와서 몸매를 뽐냈다. 밤늦게 미스코리아 진이 발표되고 방송이 끝나면, 엄마는 내가 잠들기 전에 레이스가 잔뜩 달린 엄마 잠옷을 꺼내서 입혀주었다. 너도 이제 미스코리아라고 하면서 말이다. 실제로 어릴 때 앨범을 열면 진짜 흑역사인데…… 요술봉을 들고, 우리 집 마당의 등나무로 만든 왕관을 쓰고 미스코리아 행진을 하는 사진이 있다. 몇 장이 아니라, 무지무지 많이 있다. 어려서는 정말로 미스코리아가 되고 싶었다. 키도 크니까 될 수 있을 거라고 엄마가 늘 말해주었다. 그러나 크면서 내 몸집이 다른 친구들에 비해 비정상적으로 크다는 것을 알게 됐다. 키만 큰 것이 아니라 뚱뚱하다는 것도. 도수 높은 안경을 끼면서 얼굴까지 미스코리아와 멀어지고 말았다. 내 별명은 황소와 같은 덩치 큰 동물이나 헤라클레스 같은 무시무시한 사람의 이름이 되었다. 그런데 살이 빠지고 렌즈를 끼기 시작하니 사람들의 시선이 달라지기 시작했다. 주변의 시선이 확 느껴졌다.

어느 날은 4.19탑에서 마을버스를 타고 내려오는데, 어떤 등산복 입은 아저씨 세 명이 "와, 재목을 여기서 만나네"라고 하면서 명함을 주는 사건이 벌어졌다. 이들은 하루가 멀다 하고 우리 집에 전화해서 우리 엄마랑 꼭 같이 만나자고 신신당부를 했다. 바로 길거리 캐스팅이다. 1992년 즈음의 일인데 아마도 초기의 연예 기획사 사람들이었던 것 같다(혹은 '사기꾼'을 운 좋게 피한 것일 수도 있다!). 아, 허파에 든 바람을 어떻게 하나. 키 173센티미터에 48킬로그램에 접어든 나는 자랑스러운 몸매 대신 탈모에 변비에, 생리단절이라는 질환(!)을 얻었다. 건강하지 못한 다이어트가 낳은 전형적인 결과였다.

혹독한 다이어트를 겪어본 나는, 내 딸도 그런 경험을 할까 봐 덜컥 겁이 났다. 곰돌이가 침대에 딱 붙어서 초콜릿 파이가 맛있다면서 껍질 수북하게 얹어놓고 우적대던 때가 차라리 나았다. 지난주, 곰돌은 눈물을 글썽글썽하며 내 앞에 털썩 앉았다. 2킬로그램이 또 쪄버렸단다. 1~2킬로그램 정도는 하루 이틀 만에도 수많은 요인들로 인해서 빠지기도 하고 찌기도 하지 않는가. 걱정하지 말라고 안심을 시켰다. 그래도 곰돌의 눈물이 멈추지 않는다. 잘 안 우는 아이인데 살 앞에서 무너지고 말았다. 살을 빼니까 친구들이 예쁘다고 하고, 너무 기분 좋고 필도 받았는데, 다시 살이 쪘다고 생각하니 끔찍하단다. 급기야 눈물 둑이 터졌다. 펑펑 운다.

먹으면 운동해야 해, 조금 먹어야 해, 이렇게 했는데도 살찌면 어떡해……. 곰돌이는 자신도 모르게 소중한 시간을 '먹을 것 생각'으로 꽉꽉 채워서 치환하고 있었다. 그게 얼마나 비효율적인지, 얼마나 불행한 일인지, '날씬이들의 세상'이 얼마나 많은 희생을 요구하는지 나 역시 경험을 해 봤기에 잘 알고 있다. 살 안 찌는 체질로 태어난 사람을 나는 단 한 사람도 보지 못했다. 의식적으로 또는 무의식적으로 살이 붓지 않는 생활 패턴을 가진 사람들일 뿐이다.

어린 나이에 다이어트를 한다고 하면 잘 알지 못하는 어른들은 애가 정신 못 차렸다고, 혀를 끌끌 찬다. 지금은 아무것도 안 해도 예쁜 나이인데(맞는 말이라는 걸 어른이 되고도 한참 후에 알았다) 쓸데없이 왜 그러느냐고 아무렇지도 않게 이야기한다. 배가 불러서 저런다는 소리도 한다. 어떻게 아냐고? 내가 어려서 들어봤던 소리라서 그렇다. 곰돌이가 이 시기를 지혜롭게 잘 지나갔으면 하고 그저 바랄 뿐이다. 곰돌을 더 주의 깊게, 잘 지켜봐야겠다는 생각이 든다. 여기에서 잘못되면 폭식증으로 발전할 수도 있다. 만에 하나 곰돌이에게 폭식증이 생긴다 해도 대처할 방법은 많다. 그것은 그때 가서 생각해보기로 하자. 거기까지 걱정하기에는 너무 이르다.

식이장애는 온 삶을 지배하는 큰 문제다. 게다가 겉으로 잘 드러나지 않아서 더 무섭다. 암에 걸리면 아프다고 말이 나 하고 병원에서 수술받고, 약 먹고 진찰받지만, 식이장애에 걸리면 꽁꽁 숨기기 바쁘다. 아무렇지도 않게 생활하고 절대 들키지 않으려고 한다. 물론 주변에 도움을 요청하지도 않는다. 그래서 대체로 완벽주의 성향을 지닌 이들에게 찾아온다고 한다. 그나마 다행인 것은 유튜브 방송에서도 식이장애에 대해 많이 다루고, 《또 먹어버렸습니다》라는 심리 치유 에세이도 나와서 이 질환을 앓았던 저자가 자신의 경험을 자세히 이야기해주기도 한다. (그러나 슬프게도 이 강박에 완치란 없다. 유튜브에서 어떤 이들은 완치했다고 자랑스럽게 이야기하는데 내 생각에는 거짓말 같다. 완화가 되었거나 지혜롭게 다른 괴상한(?) 방법으로 식습관을 잡은 것일 뿐, 완치는 없다)

이 모든 것이 나의 쓸데없는 기우이기를 바란다. 초코하임을 한자리에서 여덟아홉 개씩 먹는 곰돌이로 다시 돌아오기를! 그리고 이 와중에 곰돌에게 정말 고마운 게 하나 있다. 모든 느낌을 엄마한테 하나하나 이야기해주는 것이 그저 고마울 뿐이다. 정말 고맙다.

독한 곰돌은 2~3개월 만에 10킬로그램을 감량했다. 거울로 자기 모습을 보는 얼굴이 무척 밝아졌다. 개학하고 오랜만에 만난 친구들이 자기를 보고 엄청 예쁘다고 한단다. 다이어트나 성형의 순기능을 존중한다. 성형하고 난 뒤 자신감을 뛰어넘어 자존감을 단단히 세운 사람을 여러 명 봤다. 곰돌도 살이 빠져 예쁜 옷을 마음대로 입게 되니 기분이 좋은 모양이다. 아무래도 옷이 배나 등짝에 꽉 끼는 것보다는 헐렁한 것이 편안하긴 하다.

네 술은   내가
           가르치고 만다

많은 이들이 이미 알고 있을 것이다. 나는 술을 참 좋아한다. 아니, 사랑한다. 그러다 보니 최대한 간식은 먹지 않는다. 알코올에 단 것까지 들어가면 몸에 대한 예의가 아닌 것 같아서 이 원칙을 지키는 중이다. 차라리 술을 마시지 않는 것이 어떠냐는 의견이 있을 수도 있겠다. 하지만 그것은 나의 '음주 사유'를 무시하는 처사이다. 여하튼 꽤 오랫동안 마른 비만 처방을 받은 터라, 열심히 운동을 해보기로 했다. 요즘 곰돌은 다이어트가 한창이다. 그러다 문득 가장 가까이에 있는 여자, 엄마의 체형과 몸무게 유지 비결

이 궁금해진 모양이다.

"엄마는 술을 그렇게 먹으면서 어떻게 살이 안 쪄?"

"몰라서 그렇지, 엄마 마른 비만이야."

"헤엑! 정말? 그럼 엄마 살은 다 술 살이야. 술만 끊으면 확 빠질걸?"

이 얘기는 헬스장에서도 수백 번 들었다. 회원님은 술만 끊으면 5킬로그램 훅 빠질 거라고 말이다. 하지만 그럴 생각이 전혀 없다. 돈까지 내며 운동하는 이유는 건강하게 술 먹기 위해서다. 나만의 이유를 차곡차곡 딸에게 설명했다. 그래서 엄마는 술을 끊을 생각이 없다고 말이다.

"와, 엄마, 술을 꼭 그렇게 하면서까지 마셔야 해?"

0.5초도 안 돼 대답이 나왔다.

"그래야 해. 너도 나중에 마셔봐."

그런데 곰돌이 딱 정색을 하더니 이런다. 수학여행 가면 꼭 술을 먹어보고 싶단다. 나는 깜짝 놀랐다. 얘는 어려서부터 "나는 커서 진짜 술 안 마실 거야"를 노래 부르던 아이였다. 그래서 정말 안 마시려나, 자못 궁금했는데……
중학생이 되고 나니 술도 마시고, 담배도 피우는 친구가 하나둘씩 생기는 모양이다.▼ 지금 곰돌의 이야기를 들으니 편의점 앞에서 '편맥' 하는 중딩들도 있단다. 미성년자들이 어떻게 술을 사냐고 물었더니 전문적인 답변을 내놓는다.

"뚫리는 데가 있어. 담배도 그렇고."

뚫리는 데? 전산 반영이 안 되는 곳이라는 뜻일까?

"편의점은 절대 안 되고 할아버지, 할머니가 운영하는 가게 같은 데⋯⋯ 어른인지 애인지 잘 구분 못 하는, 그런 데를 뚫리는 곳이라고 해. 담배 피우는 애들은 그런 데 다 알아. 같이 공유도 하고."

청소년 흡연이나 음주는 뉴스에서만 들었지, 이렇게 현실로 다가오니까 오호, 기분이 묘하다.

"너는 그럼 어떻게 생각해?"

"담배 피우는 건 진짜 유치하다고 생각해. 지금부터 피울 필요도 없고, 어른들처럼 피울 이유도 많지 않고."

흠칫 놀랐다. 나는 중학교 2학년 때 세상에서 내가 제일 힘든 줄 알았다. 물론 공부 안 한다고 윽박지르는 엄마랑 싸우다가 한 생각이었다. 그런데 곰돌은 '중학생인 우리는 어른들보다 고민이 적다'고 생각한다! 이 아이의 사고방식

▼ 세종자치시교육청에서 낸 2018년도 조사에 따르면 최초 음주 시기가 중학생 때였다는 답변이 41퍼센트나 된다. 초등학생 때 첫 음주를 한 비율도 29퍼센트나 된다.

은 정말 우주와도 같구나. 반대로 어른들은 어린 학생들을 보면서 이렇게 말한다.

"좋을 때다. 그때 지나면 힘들어지니까 학생 때 즐겨라."

나중에 살기 힘들어지니까 학생 때 더 열심히 살라는 이 모순! 나중에 커서도 퍽퍽한 삶이라면 학생 때라도, 엄마 아빠가 용돈 주고 밥해줄 때라도 마음껏 놀고, 호시절을 누려야 하는 것 아닌가? 곰돌은 말을 이어나갔다.

"그런데 술은 한번 마셔보고 싶어. 어떤 기분일까 궁금해."

1989년 중3 겨울, 수안보 유스호스텔로 수학여행을 갔다. 우리 반은 소위 '날라리' 친구들이 많은 반이었는데, 여행 전에도 자기들끼리 숙덕거리면서 술을 준비하는 계획을 세우는 것 같았다. 날라리 친구들은 나쁜 아이들이 아니었다. 오히려 착한 아이들이 많아서 나도 가끔 그 무리에 껴서 놀기도 했는데, 아무튼 나한테 술심부름은 시키지 않았다. 다들 들떠서 수안보로 향하는 버스에 올라탔고, 나는 '마이마이'라는 대명사로 불리던 소니 미니 카세트

플레이어를 들고 갔다. 고집을 부려서 아빠에게 빌린 거였다. 도착한 후, 강당에 모여서 몇몇 남자애들이 기타 치고 드럼 치며 〈호텔 캘리포니아〉를 부르는 것을 단체로 넋을 놓고 바라보다가, 축구장처럼 넓은 식당에서 밥 먹고 올라가 각자 숙소를 배정받았다. 방에 짐을 풀고 난 뒤부터 조용히 난리가 났다. 술을 가져온 아이들끼리 같은 방을 쓰려고 선생님 몰래 방을 바꾸려는 움직임이었다. 남녀 공학이라 '방 바꾸기 프로젝트'가 더 복잡했나 보다. 방이 두 개가 필요한데, 그 두 방이 가까이 붙어 있어야 하기 때문이었다.

애들이 옷으로 싼 술병을 꺼내는 것을 보고 나는 깜짝 놀랐다! 와, 진짜 술을 가지고 왔어! 그때까지만 해도 나는 술이고 담배고 해본 적도 없고, 전혀 모르는 분야였다. 심지어 고1 때 제일 친했던 친구가 나 모르게 담배를 피웠다는 사실을 대학교에 가서 뒤늦게 알고 섭섭했을 정도였다. 그때의 담임 선생님은 독실한 크리스천에, 연세가 많은, 여자 국어 선생님이셨다. 선생님이 어떤 어둠의 경로로 제보를 받으셨는지 독실, 여성, 노령, 이 쓰리 콤보가 발동하여 우리 방을 급습, 말 그대로 우당탕탕 들이닥쳤다! (여기에서 오해 없으시기를 바란다. 80년대만 해도 우리 엄마를 비롯해서 여성들은 술 문화에 남성만큼 익숙하지 않았다. 그래서 힘들 때마다 부엌에서 몰래 소주 한 병 숨겨놓고 홀짝홀짝 한 잔씩 드셨다는 어머니들의 간증이 나오는 것이다)

지금도 그 선생님이 방문을 확 열었을 때 휙 불어오던 냉기를 잊지 못한다. 우리 모두 얼음! 선생님은 옆방 남자애들도 불러 모으셨다.

"술 가져온 놈 다 꺼내놔! 누구야!"

방은 물 끼얹은 듯이 조용했다. 나는 이 팽팽한 긴장감이 끔찍하게 싫어서 속으로 '어우~ 누구 한 명 빨리 내놔라' 이 생각만 하고 있었다. 드디어 여자애 한 명이 용감하게 배낭에서 술을 꺼냈다. 내 기억에 오비 맥주 한 병이었던 것 같다. 남자애 한 명도 이어 꺼냈다. 그다음 우리를 기다리는 것은 줄따귀.

"오, 주여."

선생님은 이 한마디 하시고는 여자애부터 뺨을 갈기기 시작했다. 첫 순서로 맞아서 아마 충격이 심했을 것이다. 키도 조그만 애가 풀썩! 뒤로 쓰러졌다. 그 뒤로도 선생님은 줄 세워놓고 애들을 다 때리셨다. 우리 선생님, 젊어서 배구를 하셨나, 짝짝 찰진 소리가 온 복도에 울려 퍼져나갔다. 나는 다행히 안 맞았지만, 술 안 가지고 온 애들도 많이 맞은 모양이었다. '수학여행 몰래 음주 프로젝트'는 뺨따귀로 작살이 나고 말았다.

술을 마셔보고 싶고 그 기분을 알고 싶다고 말하는 곰돌. '설마 내 딸이 수학여행 가서 술 먹기야 하겠어'라는 생각과 동시에 '친구들 무리에서 빠지기 싫어서 억지로 마실 수 있어'라는 생각도 들었다. 뻔뻔한 부모들의 생각, '우리 애는 안 그래요'식 사고가 발동되었다. 그 순간!

"엄마, 나 수학여행 갔는데 만약 소주가 냉장고에서 사라졌다면 그거 내가 가져간 거야."

'우리 애가 그럴 리 없어요'가 무색하게 뭐, 소주를 들고 가겠다고?

"걱정하지 마. 엄마한테 남는 술이란 없어. 너 수학여행 가기 전날 밤에 다 마실 거니까."

곰돌, 네 술은 내가 가르친다. 단, 스무 살 이후에. 혹시 그전에 엄마 몰래 술을 입에 대면? 그땐 그때, 생각해보겠다. 내일 걱정은 내일모레.

타인에게   효과적으로
         화내는 방법

곰돌이 나에게 화를 내는 이유는 대부분이 '엄마가 약속을 지키지 않는다'는 것이다. 사춘기, 한창 엄마에게 요구가 많을 때다. 패딩이 하나 있으나 또 하나 있으면 좋겠다. 계절이 바뀌었으니 티셔츠를 사달라. 얼굴에 바를 파우더가 필요한데 똑 떨어져서 당황스럽다(사달라). 드리클로가 똑 떨어져서 또 당황스럽다(비상이다. 당장 사달라!).

엄마니까 자식 일이 최우선이어야 한다. 너무나 당연한 일인데 솔직히, 정말, 공교롭게도 바쁠 때마다 이런 요청이 들어온다. 그것도 평소에 하나씩 알려주는 것이 아니라 잊고 있다가 생각나면 한꺼번에 우다다다 카톡을 뿌려대니 정신이 없어서 일단 '바쁜 일'부터 끝내고 돌아보게 된다.

"엄마, 내가 말한 옷 시켰어?"

우리 집은 곰돌이 온라인으로 원하는 옷이나 아이템을 고르고 캡처를 해서 보내주면 내가 가격이나 쓰임새가 적당한지 보고 구매해준다. 곰돌이 물건을 고를 때 나와 달리 신중하게 이리저리 재어보고 고민하는 것을 알기 때문에 대부분 허락하는 편이다. 한번은 한 벌에 거의 7만 원이 넘는, 내 생각에 너무 비싼 검은색 필라 추리닝 바지 사진을 보내왔다. 그런데 본인 생각에도 부담스럽긴 하지만 정말 입고 싶었던지, 이 옷을 사주면 2주간 용돈을 받지 않겠다고 먼저 제안했다. 이 정도면 알뜰한 소비 패턴이 정착된 것이 아닌가. 세상의 모든 플렉스에는 공짜가 없다는 사실을 너무 어려서 알게 된 것 같아서 짠하기도 하다. 그래서 '곰돌 리스트'는 무조건 믿고 구매한다. 문제는 타이밍. 곰돌이 카톡으로 이거, 이거, 이거 보내면 바로바로 시켜야 하는데 그게 귀찮을 때가 있다. 아니, 귀찮다기보다 지금 다른 일이 더 바쁜 것이다. 자꾸 우선순위에서 밀려버리니 딱 입고 싶은 날, 옷이 오지 않아 못 입는 사태가 벌어진다. 그러다가 '현장학습'이라고 불리는 소풍날, 사건이

터졌다!

　나 어렸을 때도 소풍날은 교복 벗어 던지고 있는 멋, 없는 멋 닥닥 긁어서 뽐낼 수 있는 유일한 날이었다. 그 설렘……. 소풍날 아침은 공작새들이 날개 뽐내듯 다들 화려한 복식을 자랑한다. 표정들도 사뭇 진지하다. 옷이 사람을 만든다. 그 기억이 이렇게 생생한데 못난 어미가 옷을 제때에 배달시키지 못했다. (29CM, 무신사…… 두고 보자!)

　소풍을 앞두고, 새 옷이 배송되었으리라 생각하고 학교에서 집으로 뛰어온 곰돌은 옷이 아직도 안 왔다는 사실에 분노하기 시작했다. 곰돌이 리스트를 주고 나서 한 3일 묵혔나, 그 뒤에 주문을 했으니 입이 열 개라도 할 말이 없었다.

　"아니, 쿠팡처럼 로켓 배송이 되는 줄 알았지."

　"……"

　"(안절부절) 이렇게 늦게 올 줄 알았나. 요즘 누가 이렇게 늦게 보내줘. 그치?"

　"……"

　"(애써 웃으며) 음, 엄마랑 지금 아웃렛에 가서 살까?"

　마지막 히든카드를 꺼냈다. 하지만 곰돌은 분노를 삭일

길이 없어 보였다. 지금 집으로 날아오고 있는 옷도 옷이지만 내일! 당장 내일! 입어야 할 무대 의상이 필요하단 말이다! 조그만 입, 분노로 앙다문 입이 겨우 문을 열었다.

"됐어. 필요 없어. 그냥 체육복 입고 갈 거야."

그러고는 문 쾅! 잠시 후 카톡 공격. 카톡! 카톡!

[엄마는 나와의 약속을 늘 지키지 않아.]

[이런 게 한두 번이어야지. 이번에도 언제 오느냐고, 언제 오느냐고 계속 물어봤잖아. 온다며.]

이 카톡을 보낸 뒤 딸은 나와의 대화를 차단했다. 전화를 해도, 밥때가 되어도 대화 창구를 열지 않는다. 지금 이 사건은 북한의 김정은이 개성의 연락사무소를 폭파시켜버린 것보다 더 대박 사건이다, 내게는. 곰돌은 화가 나면 말도 하지 않고 내 앞에도 나타나지 않는다. 그게 한 사흘, 길게는 일주일도 간다. 나는 연애할 때도 화난다고 전화 안 받고, 연락 차단해버리는 사람들이 제일 무서웠다. 차라리 눈앞에 나타나서 머리끄덩이를 잡고 싸우는 게 낫지.

내가 세상에서 제일 힘들어하는 유형이자 나를 가장 효과적으로 박살 내는 방법을 잘 아는 유형이다. 화가 난다고 입을 닫아버리는 이들의 심경을 도무지, 죽을 때까지도 이해를 못 하겠다. 그런데 내 딸이 바로 그런 유형이라니!

이 부분에서만큼은 곰돌과 나는 정말 다른 종류의 사람이다. 친구라면, 성격이 안 맞으면 거리를 두거나 사이를 끊으면 되지만 딸이니 그럴 수도 없다.

다른 사람에게 효과적으로 화내는 방법? 모녀끼리도 각자 방법이 영 다르니 이 얼마나 놀라운 유전자의 신비인가! 다른 사람의 마음과 감정을 움직이는 건 자신의 마음에 집중해본 사람들만이 해낼 수 있는 일이다. 그런 면에서 곰돌이야말로 자신의 마음에 제대로 집중할 줄 아는 아이다.

글을 마무리하고 있는데 이상하게 자꾸 이 노래가 생각이 난다. '어쩌면 우리는 너무 다른 사람들……' 하고 흥얼거리고 있다. 어쩌면 우리는 '외로운' 사람들인데…….

곰돌은 정말 체육복을 입고 현장학습을 다녀왔다.

타인에게   효과적으로
할 말 하는 방법

내 기억에 남아 있는, 친구에게 처음 화를 냈던 기억은 여덟 살, 초등학교 1학년 때 학교 운동장에서였다. 그때는 학생들이 얼마나 많았는지 저학년은 오전반, 오후반으로 나누어서 수업을 진행했었다. 아마 그날은 오후반이었는지, 운동장에서 가방 메고 앉아서 흙 놀이하며 수업을 기다리던 것이 생각난다. 나는 온 동네에 키다리로 소문이 났다. 친구들보다 머리통 하나는 더 크고 당연히 덩치도 컸다. 지금 사진을 다시 보면 귀엽게 통통한 정도인데, 그날도 '돼지'라고 놀림을 당했다. 아이들은 이럴 때 참 잔인하다. 자꾸 나보고 돼지라고 부르면 나는 나 자신을 어느덧 사람이 아니라 돼지인 줄 알게 된다. "외모 비하는 안 돼!" 이런 도덕적인 잣대는 아이들 눈에 보이지 않는다. 애들은 지금 친구 한 명 돼지로 만들어서 애가 울고불고 화내는 꼴 보는 게 중요하지 도덕 따위는 상관하지 않는다. 어려서 기억 중 하나가, 내가 굉장히 심하게 말을 더듬었다는 건데, 그날도 말 꺼내기가 너무 힘들었다.

"야, 이 나, 나쁜 놈들아!!!"

친구들이 그 말을 듣고 순간 어떤 반응을 보였는지 잘 기억나지 않는다. 그저 애들이 '나쁜 놈'이라는 말을 걸고 넘어지면서 너 욕했다고 적반하장으로 따지는 것이 억울해서 울었던 기억만 난다. 눈물이 너무 많이 나서 소매가 다 젖고 축축했다. 겁도 났다. '돼지'보다 '나쁜 놈'이 더 나쁜 말이잖아.

그 뒤로 40여 년, 나는 화가 나면 투덜거리기만 할 뿐 제대로 지르지 못하는 소심이로 거듭났다. 물론 그 세월 동안 악 바락바락 쓰고, 눈앞에 있는 것 손에 쥐어지는 대로 집어 던지면서 누군가와 싸워보기도 했다. 어려서야 세상을 잘 모르고 뒤에 봐주는 사람 없어도 고래고래 소리를 지를 수 있었다. 그러나 이런 광기 어린 폭발은 인생에 별

이득이 되지 못한다는 것을 알게 됐다. 예외 없이 늘 내 입장만 난처해졌다. 그 후 길고 지난한 사회생활을 통해 확립된 뼛속 깊은 '을' 마인드 덕에 이제 화가 나도 함부로 그 감정을 드러내지 않게 되었다. 코로나19로 인해 마스크가 얼굴의 반 이상을 덮어버리는 것도 표정 관리에 많은 도움이 된다. '나는 아무것도 몰라요'라는 표정으로 눈만 퀭하게 뜨면 된다는 슬픈 사실.

곰돌은 아직 혈기 왕성한 중학교 2학년이다. 아직은 마음대로 엄마한테 소리 지르고, 성질내고, 친구랑 싸웠다가 다시 붙어 다니기도 해야 한다고 생각한다. 생각이야 이렇게 해도 막상 나한테 닥치면 '아, 죽겠다' 싶지만 말이다.

곰돌이는 나와 달리 자기 생각을 친구들에게 조곤조곤 잘 이야기한다. 더욱 정확히 말하면 거절을 아주 예쁘게, 핵심만 골라서 한다. 길게 말하는 것도 아니다. 게다가 목소리가 휠휠 공중으로 날아가는 나와 달리 곰돌의 목소리는 차분하고 중후하기까지 하다.

"지금은 엄마랑 밥 먹으러 나가야 해. 그래서 안 돼."

"나 지금 졸려서 침대에 누워 있어. 있다가 통화하자."

"오늘은 걷고 싶지 않아. 다음에 중랑천 같이 가자."

곰돌이 친구와 통화할 때 이런 이야기를 하는 걸 들으면 정말 예뻐 보인다. 어떻게 저렇게 하고 싶은 말을 세련되게 돌직구로 빡빡 내리꽂지?

마음 약한 찌질이 내 버전으로 바꾸면 다음과 같이 격이 낮아진다.

"지금 엄마랑 밥 먹으러 나가야 하는데, 밥 다 먹고 있다가 전화할게."

그러고 나서 계속 언제 전화를 해야 하나, 전화 안 하면 어떻게 되나 고민한다.

"지금 졸리기는 하는데, 어, 괜찮아. 얘기해."

그러면서 계속 꾸벅꾸벅 존다.

"중랑천? 지금 준비하고 나갈게."

걷고 싶지는 않지만 그냥 걷는 게 마음이 편하다. 이런 캐릭터이니 츤데레 곰돌이가 부러울 수밖에. 곰돌은 엄마인 나에게도 세련된 거절을 구사한다. 밥 먹고 싶지 않다거나, 엄마가 한 음식이 입맛에 맞지 않을 때도 완곡하지만 알맹이를 그대로 담아 이야기한다.

"엄마 음식은 대체로 건강한 맛이야."

'건강한 맛'이란 '맛없다'의 완곡한 표현이다.

할 말을 잘하지 못하는 사람과 딱딱 할 말 하는 사람은 각자 성정을 그렇게 타고난 것도 있지만, 성장 과정에서 납작하게 가르마가 타진다. 당연히 전자의 부모들은 자식을 자기 소유물이라고 생각해서 원하는 대로 끌고 가려고 자식에게 윽박을 지른다. 처음부터 끝까지 일관되게 화를 내면 차라리 부모라도 피해야겠다는 생각이 든다. 더 나쁜 건, 봄바람 불 듯 친절하다가도 언제 화를 폭발할지 모르는 유형이다. 일촉즉발, 그 불안감을 견디지 못해 자식들의 자아는 쪼그라든다. 이렇게 하면 엄마가 화낼까, 저렇게 하면 아빠가 큰소리를 낼까, 눈치 보는 사이에 나중에는 불쌍하게도 '내'가 무엇을 원하는지조차 영영 모르게 된다. 원하는 것을 말했다가 언제 불벼락이 떨어질지 모르니까, 차라리 내 감정을 조금 참고 삼키는 것이 더 마음 편하다. 하지만 이것은 '조금' 희생하고 마는 일이 아니다. 자기도 모르는 새 자기 마음에 구멍을 조금씩 파내 텅 비워놓는 일이다. 내 삶에서 나를 지우는 일이다.

내 마음의 주인 자리를 잃는 것도 억울하지만 받기 싫은 연락, 부탁들을 처리하느라 드는 비용, 시간, 에너지도 만만치 않다. 내가 내 논 늘여서 다른 사람 편하게 해줬던 일, 돌이켜보면 정말 많았다. 그래 놓고 얼굴은 광대같이 웃고 있었다. 아니, 광대의 미소면 다행이다. 그건 그나마 '슬픈 미소'니까. 그런데 할 말 못하는 부류들은 슬픔마저도 얼굴에서 완벽하게 제거한다. 나의 불편한 마음을 상대가 알아차리는 것이 미안하고, 그 마음 자체가 힘들기 때문이다. 정말 슬픈 사람들이다. 연습이 필요하다. 부단하게 시간을 들여서 작은 것부터 하나, 둘 연습을 해야 한다. 슬픈 미소라도 짓고 싶은 이들, 할 말을 잘 못하는 이들에게 필요한 것은 바로 내 마음의 '비빌 언덕'과 '오은영 선생님'이 아닐까. 텔레비전에 나오는 오은영 선생님처럼 누가 옆에서 내 마음 곪은 곳 톡톡 알아주고 설명해줄 수 있다면…….

상황에 적절하게 감정을 표현할 줄 아는 사람이 되는 것이 할 말 제대로 못하는 이 엄마의 향후 목표다. 곰돌? 곰돌은 사람들과의 관계에서 계속 이 선만 유지해주면 좋겠다. 멋지다, 곰돌!

당근이세요?   그냥,
            재밌잖아!

요즘 곰돌은 직거래에 폭 빠져 있다. 정확히 이야기하자면 '직거래를 직접 해보고 싶어 한다.' 가만히 보니 당근 앱을 깔고 자주 들락날락하는 것 같다. 요즘 가장 핫한 앱이 바로 당근인 것 같은데 나는 이 놀이터에 적응을 못하고 있다. 당근은 MZ 세대의 새로운 투자 방법인 리셀, 되팖의 놀이터다. 'N차 신상'이라고 해서 이들에게는 여러 번, N번 거래된 중고 물건이라도 새것에 버금가는 가치를 지닌다면 신상과 다름없다고 한다. 하지만 직거래라는 대면 방식이 내게는 너무나 어려운 일이다. 당근에서 상태 좋고 가격

괜찮은 물건을 발견하고, 메시지를 보내서 협상을 시작해 본 적이 있다. 오케이, 여기까지는 좋았다. 그런데 그 후 시간을 정하고 그 시간에 맞춰서 약속한 장소에 나가는 데 시간을 할애하는 게 쉽지 않았다. 생전 처음 보는 사람을 만나야 하는 부담감도 너무 만만찮았다.

클하(클럽하우스)도 마찬가지다. 목소리만 나가고 한번 내뱉은 말은 아무런 기록도 없이 그냥 사라진다는 최대 장점이 있지만 실시간 대화라는 리얼 시간 압박에 아직 적응을 못 하겠다. 곰돌은 오히려 이런 엄마를 이해하지 못하겠다는 듯 눈을 동그랗게 뜨고 쳐다본다.

"왜~애? 그게 왜 부담이야?"

당근에는 좋은 물건을 싸게 살 수 있다는 장점 외에 또 다른 기능도 있다. 바로 새로운 사람을 만날 수 있다는 것!

"누가 나올지 너무너무너무너무 궁금해. 진짜 너무 재밌을 것 같아. 서로 패딩 입고 쭈뼛거리면서 만나는 것 너무 좋아."

안 그래도 얼마 전 당근에 버닝하신 오라버님과 술을 한 잔 마시면서 이와 비슷한 이야기를 들었다. 그 오라버님은 아무런 사심 없이 선물을 사서 주변 친구들에게 나눠주는 것을 즐기는데, 특히 여자 화장품을 사서 쟁여놓는 기이한

(?) 취미가 있다. 한동안 당근 거래가 너무 흥미롭고, 직거래할 때 누가 나오는지도 궁금해서 맥 립스틱만 몇 개씩 사둔 적도 있단다. 그래서 마음에 드는 거래자가 나왔느냐고 물어보니 그런 건 또 아니란다. 그냥 립스틱하고 돈하고 바꾸고 뒤돌아서 빠이빠이였단다.

"그냥, 재밌잖아!"

당근을 매일 들여다보던 곰돌은 드디어 최초의 직거래를 성사시켰다. '소○엄마'라는 아이디를 가진 분에게 가지고 있던 편지지 세트를 무료 나눔 하기로 했단다. 이런 것 올려봤자 공짜라도 누가 가져가겠나 싶었는데, 올리자마자 메시지가 와서 자기도 깜짝 놀랐단다. 곰돌은 생애 최초의 거래자가 되신 소○엄마가 누구일지 상상의 나래를 펼치기 시작했다.

"보통 누구누구 엄마, 누구누구 맘 하면 삼십 대, 어린아이의 엄마들이야. 맘카페 가면 수두룩해. 엄마 아이디도 곰돌맘이었어."

"아~ 너무 떨려!"

일요일 오전 11시에 만나기로 했단다. 그날 또 다른 당근 거래를 하는 친구랑 만나서 같이 나가기로 했다는데 내심 안심이 됐다. 지금 대한민국 전 영토가 당근 거래로 들

썩이고 있는데, 혹시라도 범죄에 악용된다면? 지금까지는 뉴스에서 당근과 관련한 끔찍한 소식은 듣지 못했다. 하지만 의심 많은 나는 뜯지 않은 맥 립스틱이 반값, 아니 그보다 저렴한 가격에 나와도 거래하지 않을 것 같다. 아이디는 소○엄마인데, 소○아빠가 나올 수도 있지 않은가!

곰돌은 이 조그마한 편지지 하나 나눔 하면서 어떤 쇼핑백에 담아 갈지 고민한다. 우리 집에 적당한 봉투가 있는지 뒤적뒤적 하길래 별 모양이 빼곡하게 그려진 종이봉투를 하나 줬더니 노노, 아니란다. 결국 이 까다로운 아가씨는 스타벅스 봉투에 편지지를 넣고 미니 자유시간 초콜릿 세 개, 츄파춥스 두 개, 간식까지 꼼꼼히 챙겨 출동 준비 완료. 아, 참! 그리고 메시지를 주고받은 당사자와 만나면 이렇게 물어봐야 한단다.

"당근이세요?"

대망의 일요일이 다가왔다. 같이 가기로 한 친구는 당근 거래 위험하니까 엄마가 하지 말라고 하여 어쩔 수 없이 못 나오게 됐단다. 그 엄마의 마음, 충분히 이해가 간다. 드디어 거래 시간. 나 역시 궁금한 마음에 곰돌에게 전화를 했다. 소○엄마가 누군지 빨리 알고 싶었다. 그리고 첫 거래인데 혹시 무슨 일이 생겨서 아이가 상처라도 받으면 어쩌나 조금 걱정스럽기도 했다.

"어떤 분이야? 소○엄마, 누구셔?"

곰돌은 실실 웃기만 한다.

"하하, 하하, 하하하하하."

"왜, 어떤 분이 나왔어? 좋았어?"

"어. 그런데, 가방에서 편지지만 쏙 빼서 가져가셨어. 간식도 준비했는데……."

"아, 이런! 그런데 누구셔. 어떤 분이셔."

"아줌마셔."

"다 아줌마지. 결혼하고 애 낳으면 아줌마지."

"그냥 아주머니가 아니셔."

"엄마 또래?"

"아니, 큰딸이 시집갔대. 시집간 따님 이름이 소○이래."

오십 대도 아닌, 육십 대 할머님, 그렇지만 외할머니만큼 연세 드신 분은 아닌…… 인자한 할머니가 바로 소○엄마셨단다. 요즘 급부상한 오륙십 대의 인터넷 파워, 특히 인터넷 '쇼핑' 파워를 실감하는 순간이었다. 곰돌은 뭔가 신기한 일을 하나 해냈다는 성취감으로 불끈불끈했다. 그분이 거래 후기도 잘 써주셨단다.

[귀여운 아가씨, 선물받은 편지지 잘 쓸게요. 좋은 하루 보내

요.]

다른 걸 또 거래하고 싶은데 팔 것이 없다면서 고민하는 곰돌이. 그래서 새로운 알바를 하나 제안했다. 우리 집에는 단 한 번도 안 쓴 유축기(!), 안 쓰고, 안 입는 옷, 액세서리, 곰돌이 어릴 적 연주하던 바이올린 등등 팔 것이 무척 많다. 그래서 당근 앱은 깔아놓았지만 사진 찍어 올리고 설명까지 써야 하는 과정이 귀찮아서 미루고 있었는데, 아주 잘됐다.

"이 물건들 줄 테니 시세를 검색해보고 당근에 올리거라." 곰돌에게 제안했더니 깡충깡충 기뻐서 날뛴다. 거래를 해서 돈을 벌면 2대 8로 가르기로 했다. 아니, 3대 7⋯⋯ 아아! 반띵할까 고민하는데 곰돌이 쿨하게 말한다.

"상관없어. 거래하는 것에 의의를 둠."

이윤을 나누는 경제관념은 나중에 천천히 길러나가기로 하자. 곰돌은 지금 이 시간, 물건에 가격을 붙여 열심히 목록을 만들어나가는 중이다.

신종 꿀알바의 탄생!

Epilogue

곰돌은 열심히 목록을 만들어 당근에 올렸지만, 사람들이 잘 보지 않는다며 낙심했다. 당근에 물건을 올릴 때도 상품 광고 못지않게 '훅^{hook}'이 있는 카피를 써야 한다고 알려 주었다. 바이올린 얼마, 화장품 얼마, 이렇게 제목을 달면 사람들이 관심을 가지고 보지 않는다. 그랬더니 곰돌이 제법 일리 있는 이야기를 한다.

"군더더기 없는 제목이 더 눈에 들어오던데……. 괜히 말장난 안 하고, 확실하게 이게 뭐다 하고."

눈길을 끄는 설명이 한 줄 있다면 사람들이 더 혹할 수 있겠지만, Simple is the best, 간단한 것이 최고라는 곰돌의 의견도 맞다. 그나저나 당근러들의 호응이 없다 보니 재미가 시들해졌는지 소식이 없다. 사놓고 단 한 번도 안 쓴 유축기, 곰돌 어릴 적 연주하던 바이올린 등 안 쓰는 물건들이 우리 집 어딘가에서 계속 살아 숨 쉬고 있다.

츤데레   누나가
                  걱정하는 바

나의 아들 만두가 유치원에 다닐 때는 원에서 종일 보육이
가능해서 오후 6시까지 마음 놓고 일할 수 있었다. 하지만
초등학교에 입학하고 나니 비상이 걸렸다. 3월 입학하기
전 1월부터 미리 하교 후 오후 시간을 어떻게 꾸려야 할지
준비해둬야 했다. 다행히도 정부에서 장애인들에게 '활동
지원사'를 지원해주는 제도가 있어 그나마 학교 돌봄 교실
과 활동 지원 선생님의 도움을 받아 오후 시간을 알차게
보낼 수 있었다. 한 두어 달 전, 지역의 복지 기관에 활동지
원사를 보내주십사 신청을 하고 몇 분을 만나보았다. 만두

가 너무 힘이 세고, 산만한지라 이 기운을 제어할 수 있으려면 제1 조건으로 무엇보다도 젊고 힘이 센 분이면 좋겠다고 생각했다. 그러던 중, 나와 동갑인 여자분을 만났다. 처음 만나는 자리에서 아이 특징을 이야기하는데, 참 인상적이었던 것이 '메모'였다. 선생님은 내가 드리는 설명, 아이의 특징, 어느 정도까지 발달이 이루어졌고, 또 어떤 부분이 아직 느린지 등등 엄마인 나의 모든 말을 꼼꼼히 다 메모하셨다. '마음에 들었다'고 표현하기에는 부족했다. 고마웠다. 게다가 나와 같은 아파트 단지에 사신단다. 더 좋지! 만약 활동지원사분이 멀리 살아서 오고 가는 시간이 길었다면 만두를 맡기는 나도 마음이 불편했을 거다. 그래서 다음 면접자분에게 사과를 드리고 약속을 취소했다.

이 일 이후 곰돌은 난리가 났다. 뉴스에서 봤는지, 인터넷에서 봤는지 모르지만 엄마도 없고 자기도 없는데 아이를 집에 '잘 모르는 사람'과 둘이 놔둬도 되냐는 것이다. 나는 걱정하지 말라고, 장애인 복지 기관에서 인증받은 분이라고 타일렀다. 그래도 곰돌의 걱정은 쉽게 가라앉지 않았다.

"우리 혜성이, 말 못한다고 막 때리고 구박하면 어떡해. 얘는 우리한테 이르지도 못하잖아."

선생님 일굴을 보면 안다. '괴랄한 빈전'을 보여주실 분이 절대 아니었다. 내가 아무리 사람을 잘 믿는 성정이라 해도 그 정도는 가려낼 줄 안다. 사고 칠 인간과 아닐 인간 정도는 가름되는, 반백 살을 코앞에 둔 나이다.

선생님하고 우리 만두하고 호흡을 잘 맞춰나가던 어느 날, 한 이틀 정도 되었을 때다. 선생님께서 학교에서 돌봄교실 끝마친 만두를 집으로 데려가는 모습을 우연히 우체국에 가다가 보게 되었다. 차를 세우고 사진을 찍고 싶을 정도였다. 만두에게 저런 모습이 다 있었나? 다른 사람의 손을 잡다니? 나하고도 손을 잡고 걷는 날은 손에 꼽을 정도의 일이다. 그런 만두가 선생님하고 손깍지(!)를 끼고 건들건들하지도 않고 차분하게 집으로 걸어가고 있었다. 어쩌면 다른 부모들은 이런 장면을 보고 섭섭하게 느낄지도 모른다. 그러나 나는 전혀! 만두의 새로운 모습에 가슴이 뭉클할 뿐이었다.

집에서 악역을 하고 있는 사람이 바로 나, 엄마다. 장난감 치워라! 밥 먹을 때는 똑바로 앉아라! 식사 중에 핸드폰 보지 마라! (나 역시 넷플릭스에 코를 박고 먹으면서 말이다) 등등…… 잔소리를 담당하고 있다. 그러다 보니 만두는 엄마를 별로 좋아하지 않게 되었다. 엄마의 천둥소리에 몇 번 놀란 탓도 있을 것이다. 점점 엄마와의 스킨십이 소원해지는 사내 녀석, 그 녀석이 선생님하고 손을 꼭 잡고 걸어가다니…… 천만다행, 감사한 일이었다.

며칠 뒤, 선생님께서 나를 보시더니 할 말이 있으시단다. 조심스럽게 이야기하신다.

"제가 딸이 있는데요, 혜성이 누나랑 친구예요. 혹시나 해서 말씀드려요. 별건 아니지만……."

아아. 우리 곰돌의 친구 어머니셨구나. 반가워서 곰돌한테 이 이야기를 했더니 눈이 동그래져서 신기해한다. 친한 친구의 어머니가 바로 동생 만두의 활동지원 선생님이라니. 심지어 그 친구는 전에 우리 집에서 열린 파자마 파티에 왔던 멤버 중 하나였다. 선생님이 딸한테 이 아파트 몇 동 몇 호에서 일하게 되었다고 말했더니 "어어? 거기 곰돌이네인데?"라고 말해서 알게 되었단다. 이런 걸 고운 인연이 다 있다. 다음 날, 곰돌이 집에 오더니 내게 비밀스럽게 이야기한다. 친구랑 말을 맞추기로 했단다.

"우리 집에 장애아가 있어서 친구 엄마가 도와주러 오시는 거, 남들이 알면 불편하잖아. 그냥 우리 둘만 알기로 입 맞췄어."

둘의 마음을 십분 이해한다. 그렇지만 이야기해두었다.

선생님은 '도우러' 오는 것이 아니라, '활동지원사'가 정식 직업 명칭이라고 정확히 말해주었다. 그리고 장애아가 가족의 일원인 것은 분명 불편한 일이지만, 창피한 일은 아니라고 말했다. 곰돌은 장애를 아직은 부끄럽게 여긴다. 동생이 장애아여서 예민하게 신경 쓰고 있다. 그리고 자신이 졸업한 초등학교에 동생이 다니는 걸 엄청 걱정한다. 왜냐하면 곰돌이 다닐 때는 학교에 특수반이 없었던지라 장애인 친구를 한 번도 보지 못했기 때문이다.[▼] 그래서 만두가 학교에서 놀림을 당하면 어쩌냐고 전전긍긍이다. 곰돌에게 물었다. 혹시 장애 친구들이 집이나 교실에 숨어 있을 거라고 상상해보지 않았느냐고. 장애가 있는 친구들을 열외로 두는 것이 당연한 일이 아니라, 수고스럽더라도 참여할 수 있도록 배려하고 도와주는 것이 생활화되어야 하는 거 아니냐고 말이다.

간혹 형제자매 중에 장애아가 있어서 기를 쓰고 동생이나 형, 누나를 지키고 대항마가 되어주는 기특한 친구들 이야기를 들을 때가 있다. 이건 부모님이 어려서부터 철저하게 교육한 덕이다. 나는 곰돌의 삶이 동생의 장애로 인

▼ 2021년 이곳에 특수반이 생기기 전까지 장애인으로 등록된 학생은 딱 한 명이었다.

해 변화가 생기면 안 된다고 생각했다. 부모인 내가 그 변화를 온몸으로 막아내야 한다고 생각했다. 그래서 곰돌이에게 동생을 맡기지 않았다. 동생이 소리를 지르거나 제 몸을 못 가누고 방방 뛰는 것도 볼 수 없게 하려고 함께 외출도 하지 않았다. 물론 여행도 따로 가기 시작했다. 엄마이자 어른인 나에게도 벅찬데 이 상황을 곰돌에게 대신해달라고 하고 싶지 않았다. 솔직하게 말하자면, 비장애 자녀들에게 장애에 대해서 심도 있게(?) 반복 교육을 하는 부모들을 보면 아이에게 마음의 짐을 지우는 것 같아서 그 자체로 미웠다! 부모 자신도 어린 나이부터 장애가 있는 형제를 이해하고, 함께 살아야 하는 입장이 되면 너무나 힘들 거면서 왜 아이한테 장애 교육이라는 이름으로 의연한 척 짐을 떠넘길까 의문이었다.

장애 인식 개선에 대한 교육은 꼭 필요하다. 우리나라는 아직 먼 것 같다. 장애는 불편한 것, 무시할 수밖에 없는 것, 어려운 것, 창피한 것이라는 생각이 넘친다. 아직도 정답을 모르겠다. 어떤 엄마 아빠가 잘하는 것인지…….

한번은 만두의 수영 선생님과 잠시 이야기를 나누었다. 같은 스포츠 현장에서 일하는 코치이지만 장애아를 가르치는 본인만 무시를 당한단다. 아직은 어쩔 수 없다고 덤덤히 이야기하신다. 자신은 그 상황을 이해하고 있고 계속 버틸 깡도 있단다. 여러 가지 일로 생각이 많은 하루였다. 여하튼 중학생 친구 두 명은 서로에게 소중한 비밀이 생겼다. 인정! 수많은 고개를 넘고 넘은 날, 고마운 오늘.

로맨틱.

성공적.

3부

엄마, 그 점에 대해서는
내가 미안하게 생각해

딸 × 여성주의 × 사랑의 형태

곰돌은 고기를 좋아한다. 내가 좋아하는 만두, 회, 해산물은 하나도 건드리지 않는다.[*] 어려서는 생선구이 조금 먹는 것 같더니만 지금은 최애 음식을 고기로 못 박았다. 가끔 동생 만두 녀석은 남편에게 맡기고, 곰돌이하고만 고기 데이트를 한다. 메뉴는 주로 삼겹살, 특별한 날에는 마블링 좋은 한우! 중2 곰돌은 엄마가 건조를 잘못해서 옷이 줄어버렸을 때 격분(?)하는 걸 제외하고는 아직까지 양호

---

[*] 고등학생이 된 지금은 좀 컸다고, 연어회나 하얀 살의 회는 즐길 줄 알게 되었다.

한 사춘기를 보내고 있다. 또 고맙게도 미주알고주알 나와 이야기를 많이 하는 편이다. 적어도 내가 알기로 지금까지 나와 곰돌 사이에 비밀은 없다.

"반에 좋아하는 애 없어?"

"어, 없어. 내 스타일 아니야."

속으로 나이스!를 외쳤다. 독립을 하든, 캥거루 새끼처럼 붙어서 살든, 엄마랑 계속 이렇게 살자 싶은 생각이 들었다. 우리나라는 여자가 안전하게 살기에는 너무 거칠고 파고가 높다. 그래서 이 꼴 저 꼴 못 볼 꼴 싹 훑어서 보느니, 시집 안 보내고 나름 청정구역인 우리 집에서 데리고 살고 싶은 마음이다.

대부분 사람들이 이십 대, 삼십 대에 한창 연애를 하는데, 연애라는 경험은 인간을 가장 크게 그리고 빠르게 개조시키는 아주 좋은 도구이다. 정확히 이야기하면 연애 후 '이별'과 '실연'이 그렇다. 좋은 쪽으로 개조될지 나쁜 쪽으로 악화될지는 아무도 모른다. 여하튼 정말 빠르게 사람을 바꿔놓는다. 사람마다 정도는 다르겠지만 나 같은 경우는 실연을 겪고 말 그대로 인간 개차반이 됐었다. 약 먹는다, 죽는다, 혼자 별 쇼를 다 했다. 비참하고 끔찍한 방법이었다. 게다가 '사랑은 또 다른 사랑으로 극복한다'는 신념이 있어서 신속하게 다른 남자와 연애를 재개하고 또 같은 실수를 반복하곤 했다. (갑자기 가수 하림의 〈사랑이 다른 사랑으로 잊혀지네〉가 생각난다!) 아…… 그러나 문제는 사랑만 하고 살기에 인생이 그리 길지 않다는 점이다. 심지어 이 연령대가 인생 계획을 세워야 하기 때문에 바쁘고 알차게 보내야 할 시기이다. 그래서 이때 실연한 자들이 참 안타깝다. 각설하고 꼰대 토킹을 해보자면 이런 연애를 왜 하냐는 것이다. 그 나이에 시간 아깝게 말이다. 연애하는 시간에 여행 다니고, 읽고 싶은 책 마음껏 읽고, 보고 싶은 영화 보고 그렇게 경험 쌓으면서 살면 더 좋지 않겠나? 그러나 내가 그 시절로 다시 돌아가면 성실하게 차곡차곡 살 수 있을까? 그건 아닐 것이다. 어쩌면 곰돌은 누군가와 연애할 엄두가 나지 않는 것일까?

"근데, 엄마 나 여자 좋아하는 건 아니다."

"무어?"

고기 굽다가 입 크게 벌리고 하하하하하~! 웃었다. 엄마가 오해할까 봐 하는 말이란다.

"여자 좋아해도 돼. 뭐 어때."

"어, 고마워. 그런데 지금은 관심이 없어, 그쪽에."

이 녀석 대체 뭐가 고마운 거지?

상상해봤다. 만약 곰돌이가 이성애자가 아니고 동성애자라면? 지금 이 순간의 나는 단연코 딸의 선택을 강력하게 지지할 자신이 있다. 사실 동성애자의 삶은 아직까지 이 땅에서, 아니 이 지구상에서 '투쟁'으로 '지켜내야' 하는 삶이다. 이건 발달장애아인 만두를 키우면서 확실히 알게 된 사실이다. 우리가 '일반적'이라고, '평범하다'고 인식하는 개념의 선을 조금만 넘어가도 수많은 저항이 쏟아진다.

아이가 장애가 있어서 주변에 불편함을 끼친다는 눈총은 영원히 익숙해지지 않을 것이다. 지금까지 그런 시선을 여러 번 받았지만 받을 때마다 가슴이 철렁한다. 아이랑 길을 걷다가 "이런 애를 왜 데리고 나왔느냐"고 툭 내뱉는 무식한 할머니도 만난 적이 있다. 우리 옆집에 사는 사람들은 아이가 내는 큰 소리에 몇 번씩 항의하면서 아이가 '아픈 건(?)' 알지만, 언제까지 참으라는 거냐며 분통을 터뜨렸다. 밤 9시 이전에도 경비실에서 사람이 올 정도였다. 아이가 장애가 있다는 걸 알고 더 공격하는 것 같다는 자격지심마저 들었다. 언제까지고 아이만 쉬쉬하게 할 수 없어서 결국 집에 방음재 공사를 해버렸다.

동성애도 마찬가지다. "우리는 여러분의 결정을 존중해요." 아니 존중조차 하지 않길 바란다. 결정씩이나 할 일도 아니다. 그냥 그물에 걸리지 않는 바람처럼 살게 놔두면 안 되나? 왜 동성애, 그 사랑의 형태를 굳이 존중까지 해가면서 원치 않는 은혜를 베푸는 구도를 그리나. 그렇게 되면 당신은 졸지에 동성애자의 삶을 존중하는 훌륭한 사람이 되어버리는 게 아닌가. 엄마 노릇이 뭐 별것 있나. 자식의 선택에 무조건적인 지지를 보내면서 그 행보를 옆에서 함께 지켜봐주는 것이 전부일 것이다. 물론 경제적인 도움도 있어야 한다. 그러나 '엄마는 네 편'이라는 메시지, 살면서 가장 편한 비빌 언덕이 되어줄 강력한 메시지를 표현해주는 것이 가장 중요한 일이라고 생각한다. 그게 내 삶의 가장 큰 결핍이기도 하고 말이다. 딸은 그런 결핍에 몸부림치며 살지 않았으면 좋겠다.

작년 봄, 구로디지털단지에 갈 일이 있었다. 그때는 밤 10시 영업 제한이 있기 전이었는데도 대중음식점이나 술집에 잘 안 가고 몸을 사리던 때였다. 조금만 어두워져도 거리가 한산해지곤 했는데, 그날따라 이상할 정도로 사람이 북적였다. 무슨 집회나 커다란 모임이 끝난 것처럼 사람들이 전철역으로 구름처럼 모여들었다. 그 거리에 함께 있던 나보다 조금 연배가 있으신 남자분도 "와~ 이게 웬일이냐!" 하고 궁금해하는 사이, 물밀듯 내려오는 인파 속에서 어떤 젊은 여자분과 잠깐 살짝 부딪혔다. 서로 "앗, 죄송합니다" 하고 지나가면 되었을 상황이었다. 하지만 여자분은 아니었나 보다. 갑자기 얼굴이 종이 구겨지듯 일그러지더니 나의 일행을 벌레 보듯 쏘아봤다. 그 표정 위로 대화창이 뽕 하고 나타나는 듯했다.

'아, 더러워.'

물리적으로 더럽다는 의미가 아니다. 곰돌이도 어떤 상황이 너무 싫으면 이 말을 쓴다. 가끔은 어처구니없게 웃길 때도 쓰는 말이다. 아주 복합적인 뜻을 지닌 '더러워'.

순간 화가 났다. 중년 남자, 점잖게 말해서 중년 남자지 '늙은 남자'를 싸잡아 혐오하는 이 분위기가 너무 싫었다. 내게도 서른 넘으면 여자 아니라는 빡치는 여혐 논리에 억울하면서도 반박도 제대로 못 하고 참아온 지난 퍽퍽한 세월이 있다. 저 여자분의 일그러진 표정에서 지난 30년의 삶이 짐작되기도 했다. 주책맞은 아버지, 무책임한 아저씨들, 자신만 아는 할아버지들⋯⋯. 여자들은 그동안 끔찍한 경험을 적잖이 당해왔고, 중년의 남자들은 '나는 안 그랬는데' 하는 답답함을 오랜 세월 쌓아왔다. 이것들이 지금, 혐오로 이어져 터지는 중이다. 정작 부딪친 그분은 침착하게 이 상황을 받아들이셨다.

"코로나 때문에 예민한데 중년의 남자가……."

내가 화가 나고 안 나고를 떠나서 그저 하나의 사회 현상으로만 바라보기에는 서로의 대립이 너무 날카롭다는 생각이 든다. 점점 날카로워지고 있다. 그래서 무섭다.

고기를 먹으면서 곰돌은 계속 페미니즘 이슈에 대해 재잘재잘 이야기한다. 즐겨보는 유튜브 방송은 '세바시'란다. 거기에서 강의하는 분이 여성우월주의에 대해 따박따박 반박하는데 속이 다 시원했단다. 그런데 그분이 남성이어서 흥미로웠다고. 만약 여자였다면 꼴펨 소리 들었을 거라면서 구시렁구시렁…….

여하튼 '엄마'라는 비빌 언덕을 믿고, 곰돌은 학교에서든 직장에서든 어느 누구를 만나든 할 말 다 하고 당당하게 살기를 바란다. 어디에 가서도 기죽지 않고 싫은 것은 싫다고 NO! 이야기하는 멋진 여자로 성장했으면 좋겠다. 그동안 엄마가 못 해본 것들을 자식에게 투영시켜서 욕심 부리는 엄마들이 제일 못났다고 생각했었는데, 지금 내가 격하게 그러는 중이다.

팬데믹 시대에
꽃 피는 우정
세상 사람 모두 걸려야 끝나는 걸까

"엄마, 우리 동네에 확진자 한 명 나올지도 모른대."

확진자 증가세가 높아져 학교에도 가지 않고, 온라인으로 수업을 듣는 둥 마는 둥 하는 곰돌에게 전화가 왔다. 내가 모르고 지나간 것일 수도 있지만 감사하게도, 내가 아는 선에서 우리 아파트에서는 여태까지 확진자가 발생한 적이 없었다. 그래서 느슨한 마음으로 어, 그래, 하고 건성으로 전화를 끊었다. 이제 나올 때가 된 것인가. 잠시 후, 곰돌에게 또 전화가 왔다. "엄마, 다른 반 친구가 코로나 걸렸대. 확진이래. 걔네 엄마가 걸려서, 얘도 걸렸나 봐."

청천벽력 같은 소리를 한다. 음모론을 성실하게 믿는 나의 남편은 코로나19 그거 다 사기인데 유독 한국 사람들만 오만 호들갑을 다 떤다고 말도 안 되는 말을 한다. 환장할 지경이다. 일단 학교에서 확진자가 한 명 나오면 전교생과 전 교직원이 모두 검사를 받는 게 맞다고 생각한다. 그순간 나에게도 문자가 드르륵 온다. 교내 확진자 한 명 발생으로 전교생 외출 금지라는 내용이었다. 가족과의 접촉도 피하고, 담임의 추가 지시에 따르기 바란다고 되어 있었다. 문자에 비장함이 넘쳤다. 나는 이미 지방으로 취재를 떠난 상황이었다. 혹시 최악의 상황을 가정했을 때 곰돌이 양성, 나까지 양성이면 어떻게 되는 거지? 머리가 하얘진다. 그럼 우리 만두는? 내가 하루에 뽀뽀를 몇 번이나 해댔는데? 어제 한 공간에서 소주 한잔한 술집 사람들은? 주인아주머니께서 손님들 전화번호를 받으셨는지 기억도 가물가물하다. 목요일에 일 때문에 잠깐 만났던 이들은 또 어쩌나? 나 때문에 일이고 뭐고 다 올 스톱되면 어떡하지? 호텔방에 틀어박혀 안절부절못하고 있었다. 이마를 짚어보니 나는 괜찮은 것 같다. 목이 칼칼한 것 같기도 한데 공기가 건조해서 그런 건가 싶기도 하다. 곰돌에게 수시로 전화해서 몸은 괜찮은지, 선생님에게 연락이 온 게 있는지 계속 물어봤다. 마음이 어수선해서 그럴 수밖에 없었다. 그런데 참 사람 마음이⋯⋯.

곰돌의 학교에서 확진자가 발생했고 검사 대기 중이며, 모든 상황은 미지수라는 이야기가 입 밖으로 안 나왔다. 결론이 나오기 전까지는 어느 누구에게도 말하지 않고 꽁꽁 비밀로 해야지 하는 생각이 들었다. 이런 나를 보니 피식 웃음이 나왔다. 손만 살짝 베어도 사진 찍고 "아야, 아프다" 하고 여기저기 SNS에 올리는 내가 입을 꾹 다물고 있다니. 물론 양성이라면 피해 정도가 가늠이 되지 않을 정도로 심각해서 동네방네 떠들고 다닐 일이 아니겠지만, 그렇다 해도 아무렇지도 않은 척하고 있는 나 자신이 조금은 웃기다고 해야 하나.

곰돌은 추운 날씨에 학교에서 긴 줄을 기다려 PCR 검사를 받고 왔다. 긴 면봉을 코 안쪽으로 깊숙이 찔러 넣는데, 얼굴에 그런 깊숙한 공간이 있었는지 깜짝 놀랐다고 한다. 코로 쑥 찔러 넣은 것이 턱 밑까지 내려온 느낌이었단다. 맙소사! 양성 판정을 받은 학생의 신원은 학교에서 밝히지 않았다. 그런데 알음알음으로 친구들이 다 알고 있단다. 역시 중딩은 중딩이다. 확진 판정을 받은 친구의 SNS 포스팅으로 모두 다 알게 되었단다.

코로나 시국이 장기화되자 '확진자 원망 심리'도 보인다. 전광훈이 같은 자가 순교를 한다 어쩐다 하면서 코로나19에 걸리고 싶어 몸부림치는 것 아닌 이상 대놓고 말하지 못하는 그 원망 심리를 나는 줄곧 지켜봤다. 특히 우리 집 앞 고등학교에서 고3 학생이 시험 끝나고 롯데월드에 갔다가 양성 판정을 받았을 때 학생들은 물론, 학부모들까지 들고일어나 분노하는 모습은 진심으로 기이했다. 분노의 이유는 거의 한 가지로 수렴됐다. 왜 '고3'이 이 '시국'에 '놀이동산'에 처가냐는 반응이었다. 나 역시 고3 때 시험이 끝나면 그날만은 교복을 벗어 던지고 놀러 갔다. 물론 이 '시국'이라는 조건이 많이 켕기긴 하지만. 그래도 이 친구가 대역 죄인이라도 된 듯 다들 포털사이트 댓글 창이나 SNS에 욕을 해대는 걸 보니 역병보다 사람이 더 무서웠다. 바로 우리 동네에 사는 아이였기 때문에 그 거친 분노가 피부로 크게 와 닿았다. 그래서 상황이 더 괴랄해 보였을 수도 있겠다. 코로나19에 걸리면 알려진 대로 발열, 기침, 콧물, 오한, 입 마름 등에 시달릴 텐데, 마음마저 적막강산일 이 고3 소녀가 너무나 가여웠다. 얘네 엄마 아빠는 얼마나 속상할지 안 봐도 알 것 같았다. 게다가 이 학생은 병원 입원해서 한 번 더 검사를 받았고, 이전 결과에 오류가 있었다는 것이 판명됐다. 즉, 코로나19에 걸리지 않았던 것이다. 한꺼번에 분위기가 싹 가라앉고 다른 이들은 언제 그랬냐는 듯이 일상으로 돌아갔지만, 아이의 할퀴어진 마음은 어떻게 치유할 것인가.

여하튼 곰돌에게 그 친구 몸이 많이 아플 터이니 그쪽에만 마음을 쓰자고 일렀다. 지금 와서 왜 걸렸냐, 누가 걸렸냐 따져봤자 뭐 하겠냐고. 검사 결과만 조용히 기다리고, 그 뒤의 문제는 나중에 생각하자고 했다. 결과는 학생과 교직원 전원 음성. 후유~ 한숨 돌렸다. 곰돌이의 친한 친구 중 몇몇은 이 친구랑 같이 요가도 하고, 줄넘기도 했기 때문에 음성이 나왔다 하더라도 2주나 자가격리를 해야 한단다. 그래서 그날 저녁, 곰돌은 먹을거리를 주섬주섬 추려서 친구네 집 문 앞에 놓고 왔다. 뚱카롱하고, 앙버터 빵하고, 우유하고, 꼬북칩하고……. 코로나19 시대라서 볼 수 있는 비대면 우정, 진풍경이다.

확진을 받은 곰돌의 친구가 자가격리를 하면서 제일 먼저 먹은 것은? 피자란다. 페이스북에 피자 사진 올려놓고 "앙, 맛있다"라고 했다고 한다. 코로나19에 걸려도 별로 안 아픈가? 독감처럼 앓는 병 아닌가? 코로나는 이렇게 우리 곁에 바짝 다가왔다.

Epilogue

이 글을 쓰고 1년이 지난 지금, 우리는 계속 지역 확진자 수를 문자로 보고받고, 백신을 최대 세 번씩 맞았다. 이제 마스크는 옷과 같은 것이 되었다. 벗으면 춥고 민폐가 되는⋯⋯. 심지어 나는 3주 전에 코로나19에 걸려 아직도 잔기침으로 고생하고 있다.

물론, 우리 식구들 다 돌아가며 코로나19에 걸렸고, 주변의 많은 이들도 코로나19의 마수에 걸렸고, 극복했고, 그 결과 슈퍼 항체를 45일 정도 선물(?) 받았다. 진정한 위드 코로나 시대의 한가운데를 지나고 있다.

넓디넓은 호프집에서 회식하고 동문회를 하던 때가 전부 꿈결 같다. 신촌에서 수천 명이 모여 건배를 하던 '맥주 페스티벌' 사진을 보다가 모두 마스크를 안 쓰고 있다는 사실을 깨닫고 소름이 돋았다. 지구인들은 과연 앞으로 마스크를 벗을 수 있을까.

부자란　　　무엇인가

곰돌이와 단둘이 2박 3일 짧은 제주 여행을 다녀오는 길이었다. 갑자기 곰돌이 묻는다.

"엄마는 부자가 뭐라고 생각해?"

질문의 출발인즉슨, 자기네 반에 '우리 집은 부자, 돈이 많다'고 떠벌리는 남자애가 있어서 그렇단다. 재수 없어 죽겠단다. 부자가 뭔지 알고 싶단다. 그 떠버리가 돈 자랑을 해대면 딸은 이렇게 쏴준다고 덧붙인다.

"야, 그게 네 돈이냐? 니네 엄마 아빠 돈이지!"

이 말은 맞기도 하고 틀리기도 하다. 우리나라 역사를 톺

아볼 때, 엄마 아빠가 잘살면 아이들이 타고난 재능을 발견하고 꽃 피우기가 백 배, 천 배 유리했다. 세종대왕이 그랬고 오성 이항복과 한음 이덕형이 그랬고, 율곡 이이 선생과 그 어머니 신사임당도 마찬가지였다. 부잣집 딸이었고 여유가 있었으니 앉아서 난을 치고 수를 놓으며 자녀 교육에 대한 안목도 키울 수 있었을 것이다. 현세대에 들어서는? 구구절절 쓰지 않더라도 부의 세습은 뜨거운 감자가 되어 한 시대를 휩쓸고 있다. 하지만 또 한 가지 중요한 사실은 그 돈이 '니네 엄마 아빠 돈'이기 때문에 어떻게든 뜻밖에 찾아오는 인생의 부침까지는 피할 수 없다는 것이다.

1985년, 엄마 아빠는 몇 달을 이사를 할지 말지 고민하다가 결국 큰 결단을 내렸다. 오래 살았던 구형 가정집을 허물고, 이 터에 3층짜리 벽돌집을 짓자는 초대형 계획을 세우신 것이다. 그때만 해도 우리 집은 연탄불에 커다란 솥 얹어서 밥도 짓고, 찌개도 끓여 먹는 전형적인 한옥이었다. 당연히 방바닥 아랫목은 설설 끓어대고 방 안의 윗 공기는 너무 차가워서 자고 나면 코가 딸기코가 됐다. 어느 날 갑자기 커다란 포클레인이 와서 우리 집을 다 부쉈다. 틈만 나면 올라가 소꿉놀이를 하던 장독대도 허물어졌다. 그 밑에 있던 빈 광, 특유의 이상한 냄새가 나면서도 아늑했던 쥐들의 천국 광도 뻥 뚫렸다. 12년을 산 집이 그렇게 해체되는 걸 보니 눈물이 조금 났지만…… 그것도 잠시! 이듬해 나는 꿈과 같은 삼층집 딸이 되었다!

공사를 마치고 처음 입주하던 날을 기억한다. 대문은 딩동! 하고 벨을 누르면 덜컹! 하고 자동으로 열렸다. 〈알리바바와 40인의 도둑〉 속 주문 "열려라, 참깨!" 못지않게 신기했다! 대리석 계단을 오르고 무겁고 커다란 나무 현관문을 열어 집 안으로 들어갔다. 마루가 펼쳐지고 건너편으로 부엌이 보이는데 진짜 넓었다. 식탁까지 있었다. 맨날 밥상에 쪼그리고 앉아 밥 먹다가 근사한 식탁이 놓여 있는 것을 보니 기절할 것 같았다. 마치 공주님이 성을 둘러보는 기분이 들었다. 그러나 진짜는 2층이었다. 어려서부터 치던 피아노는 없어지고, 예쁜 밤색 피아노가 놓여 있었다. 내 방문을 열었는데 눈앞에 침대가! 그전까지는 학교 수련회가 아니면 침대에서 자본 적이 없었다. 오늘 막 배달된 침대 위에 시트도 제대로 깔지 못하고 누워 있는데, 방 창문으로 달빛이 은은하게 비쳤다. 그 달빛을 지금도 잊을 수 없다. 발밑에 닿던 침대 로고 비닐의 시원한 감촉도…….

그러나 우리 부모님의 전성기는 딱 80년대에서 멈춰버렸다. 그 이후 부의 그래프는 차차 힘없이 꺾여만 갔고 다시는 올라가지 못했다. 그렇게 기고만장했던 삼층집 딸은 스무 살이 넘어 학교 앞의 단칸 자취방으로 거처를 옮겼고 지금까지도 피아노 한 대 제대로 들어갈 수 없는 곳에서 살고 있다. (피아노가 살면서 꼭 필요했다면 공간을 만들었겠지만, 피아노보다 중요한 물건이 너무나 많다)

곰돌이는 이런 꿈같은 시절을 경험해본 적이 없다. 엄마의 바람이라면, 곰돌이 살면서 부침이 부디 심하지 않기를……. 너무 간절하면 소원을 들어주는 사람도 질려서 안 이루어준다고 하는데 어쩔 수 없이 간절해진다. '가난'은 여러모로 '좌절'을 겪게 한다. 좌절이 성장의 자양분이 될 수만 있다면 진정 고마운, 최고의 경우겠으나 대부분은 상처만 남긴다. 그리고 사람을 움츠러들게 만든다. 곰돌의 질문으로 돌아가보자. 부자가 뭘까, 나는 5초도 생각하지 않고 말했다.

"베푸는 사람. 진짜 부자들은 베푸는 것도 세련되게 베풀어."

딸은 본인이 생각했던 것이랑 답이 영 다른지 주춤하다

가 다시 묻는다.

"어떻게 베푸는데?"

"망설이지 않고 쓸 때 써. 그리고 받는 사람도 그걸 알아. 그래서 마음 편하게 받아. 그런데 졸부라고 불리는 사람들은……."

졸부라는 말이 웃겼나? 곰돌이가 깔깔대고 웃는다. 처음 들어봤을지도 모르겠다.

"졸부라고 불리는 사람들은 베푸는 것 같은데, 그때 보면 눈동자가 흔들려. 주변 사람들 다 알아. 그 사람만 빼놓고."

나 역시 곰돌이한테 물어봤다. 너한테 부자는 뭐냐고. 그랬더니 '향기'란다. 향기……. 부잣집 아이들한테서 좋은 향기가 난단다. 부자는 향기가 나는 사람들이라고 한다. 해맑은 눈길이 너무 신선했다. 우리 곰돌이, 아직도 아기구나 싶은 생각이 들었다. 곰돌은 이어서 부자 아이들은 돈이 많아서 좋은 것들을 잘 아는 것 같다고 한다. 반대로 돈이 없을 때의 불편한 점은 잘 모르는 것 같단다. 그래서 나는 돈 없는 사람들은 불편한 점이 뭐냐고 물어봤다.

"뭐 살 때마다 고민을 두 배, 세 배 더 해야 하는 것. 시간이 오래 걸려. 가진 것이 한정되어 있으니까."

나는 '돈 없는 사람들'이 어떠할지 '예측되는 바'를 물어
본 것이었다. 그런데 곰돌이는 '자기가 직접 경험한 바'를
이야기해준다. 정답은 없는 물음이었지만 곰돌이의 답은
정확했다. 돈과 시간은 저울 양쪽에 매달린 사안이니까.
시간을 아끼느냐 돈을 덜 쓰느냐 그것이 문제니까. 여느 중
학생답게 곰돌이도 현장학습을 가거나 수학여행을 갈 때
새 옷을 입고 가고 싶어 한다. 나도 열서너 살 때 새 옷 사
달라고 어지간히 엄마를 괴롭혔던 것 같다. '헌트', '이랜
드'…… 이런 브랜드의 셔츠가 우리 시절 최고의 아이템이
었다. 시험만 끝났다 하면 명동에 가서 '빌리지'나 '포스트
카드' 같은 옷 가게에서 옷 구경하며 쇼핑하는 것이 당시
80년대 후반 서울 중고등학생들의 놀이문화였다. 그리고
나 같은 강북 촌년들은 명동 순회를 마치면 성신여대가 있
는 돈암동 쪽으로 올라와서 탤런트 선우재덕 씨가 주인이
던 '까망꼬망'이라는 분식집에서 짜장떡볶이를 먹으면서
수다 떨고 놀았다. 21세기를 사는 곰돌이도 시험이 끝나면
친구들과 '해방 의식'을 치른다. 30년 전이나 지금이나 똑
같다. 다만 평소에 곰돌은 옷을 인터넷으로 사 입는다. 나
는 모자라고, 부족하고, 성에 안 차는 것만 가지고 있으면
인생이 꽤 살 만하고 좋은 거라는 걸 배울 수 없다는 신념

을 가지고 있다. 그래서 웬만하면 곰돌이 원하는 건 다 사
주려고 하는데도 곰돌은 무척 엄마 눈치를 본다.

"얼마까지 사도 돼? 이번에는?"

이렇게 예산을 물어본다. "대충해"라고 이야기하지만 나
와는 성향이 다른 딸은 무척 고민한다. 제 말로도 뭘 선택
하고 고르는 것이 제일 힘들다고 하는데, 녀석이 옷 사는
걸 보면 고민이 길고 또 깊다. 겨우겨우 고르고 난 다음에
도 아냐, 너무 비싸, 이건 값을 못 해, 나중에 더 살게, 이러
면서 반품하는 옷도 한두 벌이 아니다. 반품할 옷을 정리
하고 다시 포장할 때 짜증이 나기도 하지만 어쩐지 측은하
기도 하다. 아이는 아이답게 엄마도 조르고, 반품하는 것
도 까먹고, 장롱에도 옷 몇 벌 처박혀 있기도 하고 그래야
하는데 꼭 이런다.

"엄마는 진짜 부자, 살면서 만나봤어?"

드라마에 나오는 '재벌'을 말하는 듯하다. 재벌은 아니어
도 준재벌은 만나보았다. 그 부자 친구는 취미가 첼로였다.
나는 지금 피아노 건반 만져본 지도 십몇 년 되었지만 그때
는 취미가 피아노였던지라 우리는 쉽게 친구가 되었다. 고
등학교 2학년이었던 우리는 종종 토요일에 점심을 먹으러
호텔에 갔다. 물론 그 친구가 비용을 냈다. 뷔페를 우아하게

먹으면서 앞에서 연주되는 바이올린 3중주를 감상하면서 눈을 감고 있던 친구의 얼굴이 생각난다. 곰돌이는 이 얘기를 듣고는 와! 하고 소리를 지른다. 그러나 소리 지를 것도 못 된다. 친구는 부모님의 기대가 커서 힘들어했다. 머리도 좋고 아는 것도 많고, 감수성도 풍부한 아이였지만 부모님이 정해둔 엘리트 코스에 적응할 수 없었던 것 같다. 그 뒤로 결혼했다는 소식을 들었다. 역시나 좋은 집안의 자제분과 결혼했다. 우연히 싸이월드를 통해 거의 20년 만에 그 친구를 압구정동에서 만나게 되었다. 기대를 잔뜩 하고 나갔다. 그 친구는 좋은 차를 몰고 좋은 옷을 입고 있었지만 불안해 보였다. 나랑 함께 있는 한 시간 남짓 동안 주렁주렁 참이 달린 차 키를 두세 번 잃어버렸다. 어디론가 전화도 몇 번 걸고 받았다. 남편 이야기를 했는데 그리 행복해 보이지 않았다. 아이를 낳은 지 얼마 안 되어서 아주머니에게 아이를 맡기고 나왔는데, 너무너무 집에 들어가기 싫단다. 그 마음을 이해했지만 함께 있는 나 역시 너무 불편했다. 커다란 고릴라가 턱 매달려 있던 그 건물의 카페에서 이 친구는 금세 커피값을 내고 쌩하니 달려 나가버렸다.

"그럼 돈이 많으면 뭐가 좋아?"

나 역시 돈이 많았던 적이 없어서 잘은 모르겠지만, 아무래도 경험을 풍부하게 할 수 있지 않을까. 외국에 나가 볼 수도 있을 테고, 마음의 여유가 있으니 좋아하는 음악을 찾아 들을 수 있을 테고, 좋은 그림도 눈에 들어올 테다. 음식 역시 배를 채우는 것 말고도 깊은 맛을 즐기고, 눈으로도 보면서 행복할 수 있을 것이다.

"엄마 꿈은 너 혼자라도 중학교 다닐 때 저 멀리, 우리나라보다 먼 곳으로 캠프를 한 번쯤 떠나는 거야."

곰돌은 티를 내지 않았지만, 엄마가 자신을 이렇게 지극히(?) 생각하는 것을 느꼈는지 내심 뿌듯한 표정을 지었다. 곰돌이 시절의 경험은 숫자로도 계산할 수 없고, 말로도 표현 못할 정도로 인생에 영향을 크게 미친다. 그러기에 곰돌이가 많은 것을 보고 돌아왔으면 하는 마음이다.

아직 깊지도 않고 넓지도 않은 견해를 가진 나에게 부자란 '경험'으로 정의될 것 같다. 곳간에서 인심 난다고 했다. 멋있는 부자가 세련되고 품위 있게 주변에 베풀 수 있는 건 직접 도움을 받아보고, 집 안팎으로 쾌적한 상태를 향유해봤기 때문일 터. 경험을 해봐야 뭐가 되고 싶은지도 안다.

✦

요즘 중학생 열 명 중 평균 네 명이 장래 희망이 없다고 한다. 장래 희망이 없는 이유로는 이런 답변이 나왔다. (이중 마지막 답변이 가장 의아하다. 아이의 적성과 하고 싶은 일을 왜 부모가 정하는 걸까)

- 스스로 무엇을 할 수 있는지 모름 (73.1%)
- 장래를 깊게 생각해본 적이 없음 (32.1%)
- 가족의 기대와 내 적성이 다름 (6.1%)

부자 부모가 아이에게 미래의 길을 더 잘 보여줄 수 있다? 먹고 사느라 바쁜 부모는 앞길을 안내해주기 힘들다? 이런 가혹한 이분법을 주장하는 바는 아니다. 그런데 요즘 돌아가는 꼴을 보아하니 이 가혹한 이분법이 현실이 되어가는 것 같아 두렵다. 미래=입시=좋은 대학=부잣집? 태어나보니 엄마가 황서미인 바람에 상류층으로 진입하지 못한 곰돌이가, 턱없이 높은 파도에 휩쓸려서 주류가 되고 싶어 기를 쓰고 덤비지는 않았으면 좋겠다. 그러기에는 인생이, 시간이 너무나 아깝다.

부자란 무엇인가. 어려서 엄마 아빠한테 딱지가 앉도록 들었던 마음이 부자여야 진짜 부자라는 말도, 마음이 예뻐야 진짜 미녀라는 말도 다 뻥이란 건 이미 오래전에 알아버렸다.

자식 독립
만세

나와 곰돌이 사이의 가장 커다란 문제는 나와 곰돌이가 한집에서 살지 않는다는 것이다. 이젠 중3이 되었으니 밥은 혼자 해결하거나 밖에서 친구들이랑 먹거나 혹은 '엄마네 집(곰돌은 내가 살고 있는 집을 이렇게 부른다)'에 와서 먹고 다시 할머니 집으로 간다. 이 문장에서도 엿볼 수 있듯이 딸은 자신의 공간이라고 할 곳이 없다. 늘 떠돌이 생활이다. 잠은 할머니 집, 빨래는 엄마네 집, 옷 갈아입을 때도 엄마 집……. 기가 막힌 상황이기는 하다. 특히 예민하고, 잠도 어마어마하게 쏟아지고, 몸도 굼떠지는 사춘기 소녀한테 말이다. 외할머니라도 따뜻하게 대해주시면 좋은데 그녀의 성격상 그럴 리가 없다. 하루는 아이와 사소한 문제로 싸우고 난 뒤 억울하고 다급한 목소리로 내게 전화를 거셨다. 내가 친정으로 배달시킨 몇 가지 반찬을 곰돌이가 먼저 먹은 일로 둘이 크게 싸웠단다. 반찬이 온 것을 보고 곰돌이 "와, 맛있겠다!" 하고 냉장고에서 꺼내 먹은 모양인데, 어른들도 먹지 않았는데 왜 네가 먼저 먹었냐면서 외할머니가 트집을 잡은 것이다. 나는 곰돌의 외할머니인 엄마에게 '어떤 일이 있어도 사람 먹는 것 가지고 뭐라고 하시면 안 된다'고 단호하게 이야기했다. 전화를 끊고 나서도 호랑이 굴에 아이를 놓고 온 것만 같아 마음이 아팠다. 아이를 할머니, 할아버지에게 맡기는 능력 없는 엄마인 것은 맞지만 그래도 마음 놓고 맡길 수 없는 상황이, 늘 사지를 뻗어서 아이를 심리적으로 보호해야 한다는 게 너무 화가 났다. 이러면서도 벌써 9년째 그 집에 곰돌을 맡기고 있었다.

그래서! 칼을 빼 들었다. 내 작업실을 '곰돌의 집'으로 만들기로 했다. 이 소식을 특별하게 전하고 싶어서 일부러 예쁜 찻집을 예약했다. 홍차 데이트를 하며 곰돌에게 의견을 물었다. 아니 '너를 엄마 작업실로 이사를 시키고 너만의 공간을 만들어주기로 했다'고 통보를 해버렸다. 곰돌은 언젠가 독립할 거라 생각했지만, 그 시기가 이렇게 빨리 올 줄 몰랐다면서 기뻐했다. 다행이었다. 그 뒤로 이사는 착착 진행되었다. 그러나 일부러…… 하루아침에 모든 짐을 빼지는 않았다. 오랜 시간 공간을 내어주셨던 외할머니와 외할아버지께도 말씀드릴 시간이 필요했기 때문이다. 아이 책상과 옷걸이 등을 어떻게 처리할지도 결정해야 했다. 자취방에도 필요한 물건들을 하나하나 넣어야 했다. 주변의 키다리 삼촌과 이모도 우리 곰돌의 독립을 지지 해준 덕에 이사하는 속도와 곰돌이의 의지가 올라갔다.

아마 나 혼자였다면 9년, 10년간의 매너리즘에 빠져서 아이가 할머니랑 싸우든, 할아버지가 불편하든 잠깐 속상해하고 말 뿐 해결할 생각은 못했을 것이다. 가끔은 노숙자들을 바라보면서 왜 저렇게 사는 걸까 동정보다 앞서 의아한 마음이 들 때가 있었다. 바로 이런 이유 때문이다. 사람이 궁지에 몰리면 세상을 보는 시각, 생각의 폭이 무척 좁아진다. 시야가 좁으니 행동반경도 좁아진다. 옴짝달싹 못하게 되는 것이다. 자꾸 위축되고 졸아드니 새로운 뭔가를 시도할 여력도 바닥이 난다. 바닥에 철퍼덕 내려앉아서 자멸의 길로 가게 된다. 그래서 중요한 결정을 내릴 때 주변에서 손을 내밀어주고 앞으로 끌어주는 것, 심리적으로도 실질적으로도 지지를 보내주는 것이 무척 중요하다. 감사한 일이다. 곰돌은 지금 엄마의 작업실, 즉 '자기 집'에서 짐을 정리하고 있다. 아마 다음 주부터 본격적인 자취 생활이 시작될 것이다.

1997년 겨울.

남영동에 유난히 '적산가옥'이라고 불리는 일본식 집이 많았다. 이러저러한 연유로 그중 10만 원짜리 셋방에 들어가서 산 적이 있다. 아빠의 사업이 망하는 바람에 20년 넘게 살던 수유리 집에서 남양주로 이사를 가야 하는 때였다. 하루빨리 엄마 아빠에게서 떨어져 나오고 싶었던 나는 자취를 결정했다. 셋방으로 이사한 후 많지도 않은 짐을 정리하고 달그락달그락 냄비를 꺼내서 해 먹었던 첫 번째 음식이 정확히 기억난다. 어묵탕. 이때만 해도 요리를 제대로 해본 적이 없어서 그냥 모양만 흉내 내려고 물 끓이고, 어묵 잘라서 무랑 집어넣고 얼기설기 끓였다. 그럼에도 불구하고 '이런 꿀맛이 다 있어!' 하고 좋아했다. 혼자 살기 시작한 첫날, 그날의 설렘과 당찬 마음이 아직도 생생하다. 하나도 무섭지 않았다. 단, 겨울이 되니 마루 겸 부엌에 쌓아놓은 신문지 위에 길냥이가 와서 자리를 잡고 앉았다. 그땐 그것만 무서웠다. 인간도 신문지 깔고 덮고 자면 그렇게 따뜻한데, 고양이는 얼마나 푹신하고 좋았을까. 미안했지만 동물을 무서워하는 나는 쫓아낼 수밖에 없었다. 워이! 가! 고양이를 쫓아내고 난 뒤 혼자 남은 그 겨울의 밤공기. 난방을 하려면 기름을 배달해서 넣어야 하는데, 돈이 없어서 오들오들 전기난로 붙잡고 자던 때. 당시 에어컨이 어디 있겠나, 얼굴만 한쪽 창밖으로 내밀고 후우후우~ 숨 쉬던 여름밤. 뜨거운 여름이 지나면 딱 어느 하루부터 바람에 한기가 돌기 시작하던 가을의 시작.

곰돌은 혼자 밥도 못해 먹고 세탁기도 제대로 돌려본 적이 없다. 살림을 전혀 해보지 않은 게 내 잘못(!)이라 생각하고 싶지 않다. 일부러 안 시켰다. 나 어릴 때 엄마가 신경질을 내면서 설거지나 잔심부름을 시키고 닦달을 해댔었다. 하지만 크고 나서 알았다. 어릴 때 안 해도 나중에 지겹게

할 것을. 그래서 곰돌은 그냥 놀았으면 싶었다. 그런데 이제 하기 싫어도 설거지를 해야 하고, 방 정리를 스스로 해야 하는 날이 오고야 말았다.

곰돌은 새집으로 이사 가는 것도 아니고, 그동안 알고 지내온 엄마 작업실로 가는 것인지라 별 실감이 나지 않는다고 한다. 나 역시 더 부지런을 떨어서 냉장고도 정리해주고, 반찬도 신경 써서 넣어줘야 하겠지만 크게 일상이 달라지는 것 같지는 않다. 그러나! 곰돌의 독립은 나에게도 의미가 크다. 늘 나의 부모에게 책잡히는 것이 '네 딸 우리 집에 데려다 놓고'였다. 드디어 나도 우리 엄마 아빠에게서 독립했다. 내 인생도 큰 변곡점을 맞이했다.

지난 9년 동안 정말 수고 많으셨다, 나의 부모님. 한 번 정도는 엄마랑 양평의 추어탕, 삼계탕 잘하는 집에 가려고 한다. 가서 맛난 음식을 사드리려고 한다. 이렇게 그동안 빚진 마음도, 왕래도 정리해보려고 한다. 그리고 '네 딸'이라는 말, 외할머니 입에서 절대 나오지 않게 하려고 한다.

'진로'는 소주 회사 이름만이 아니다

곰돌이 태어난 해가 2006년. 그리고 곰돌은 현재 중학교 3학년이다. 워낙 게으른 어미인지라 아이의 공부고 뭐고 잘 챙기지 못했다. 내 하찮은 경험으로 미루어 학교 성적이 인생 유일의 기준이 아니며, 오로지 대한민국의 '못난 기준'이라는 것을 알기 때문이다. 게다가 해가 갈수록 공부 잘하는 아이들의 리그와 별개로 기타 등등의 리그가 따로 마련되는 행운의 시기가 도래하고 있다는 정보도 입수했다. 아무튼 나의 갓난아기가 어느덧 자라 고등학교 입시를 앞두고 있다.

초등학교 때는 그럭저럭 공부했던 것 같은데, 그래 봤자 초등학교 과정이었다. 나는 초등학교 때 고등학교 수학을 뗐네, 영어를 뗐네 하는 선행학습 광풍이 정말 싫다. 일단 내가 못 따라가서 싫기도 하고 진도를 미리 빼면 공부가 재미있을까 의문이 들기도 한다. 하지만 우리나라의 교육 과정, 나 때도 그랬지만 '출석은 하되 진도는 학원샘과' 이 원칙은 불멸의 국룰 아닌가. 중학교 2학년 때까지 곰돌은 공부를 전혀 안 했다. 시험 기간이 다가온 것 같은데 아이는 공부를 안 하고 있었다. 신기했다. 성적을 보면 영어를 제외하고는 나름대로 중간 이상이어서 더 신기했다. 여기서 부모가 공부 닦달하면 안 된다는 것을, 그놈의 잘난 경험으로 비추어서 잘 알고 있다. (내 경험만 비추다가 아이 앞길을 나처럼 만들어놓는 것은 아닌지 걱정이 되기도 한다)

나는 이러저러한 이유로 고1 때 외국에 잠시 나가 살았다. 그러다 남들 대학교 갈 때 고3으로 돌아와서 낙동강 오리알 신세가 될 뻔했다. 그러나 그때는 쇠도 씹어 먹을 나이. 〈수학의 정석〉 '집합' 부분 꼴랑 풀고 외국에 나갔던 나는 돌아와서 1년 동안 초인적으로 공부했다. '분노는 나의 힘' 그런 힘으로……. 잘난 척이 아니고 정말 딱 1년 공부하고 수능 보고, 대학 갔다. 그래서 우리나라 교육 과정을 잘 안 믿는다. 대한민국은 찬찬히 생각하고 공부할 환경을 마련해주지 않는다. 천방지축 십 대들의 K-학습은 몇몇 욕심 있는, 외우기 잘하는, 공부 머리 있는 아이들의 무대일 뿐이다. 그러다 슬슬 곰돌이 걱정이 되기 시작한 게 얼마 되지 않았다.

"너 그러다가 고등학교는 갈 수 있어?"

이렇게 넋 놓고 있다가 상급 학교에 진학 못할까 봐 덜컥! 겁이 났다. 일단 영어는 심각하다. 영어 문장을 스펠링 외워서 읽을 수나 있을까. 수학 역시 공부하는 것을 본 적이 없다. 물론 다른 과목도…….

"엄마, 지금 그 질문에 내가 확신을 가지고 '응'이라고 대답 못 하는 거, 미안하게 생각해."

미안하다? 애매한 답변을 한다. 점점 불안해졌다. 곰돌이 고등학교에 못 가면? 최악의 상황을 상상해보기도 했다. 왜냐하면 그때는 어떤 방법으로든 함께 대처해야 하니까 말이다. 아이가 패배감에 빠질지도 모른다는 생각도 들었다. 학교, 까짓것 고등학교 1년 재수한 게 인생에서 뭐 그리 중요하냐. 하지만 이 나이대 아이들은 1년 차이 나는 선배한테도 깍듯이 "안녕하세요" 하고 인사한다. 갓난아기들은 6개월만 일찍 태어나도 이미 배밀이하고 나가면서 뒤집

기도 못하는 백일 후배 갓난쟁이들 보고 푸훗! 하고 웃는
다. 그러다 어느 순간 곰돌이가 역사 과목에 빠져서 들이
파는 것이 보였다. 자기가 좋아하는 과목, 분야를 스스로
찾아서 공부할 수 있는 학교가 있다면 얼마나 좋을까. 좋
아하는 과목은 이렇게 잘하는데…… . 아니나 다를까 3학
년 내내 역사 과목은(국사던가?) 모두 만점이었다. 잠시 걱
정은 거둬두었다.

　'특성화고등학교'라는 것이 있다고 한다. 고교 진학 상담
을 받은 딸이 들뜬 목소리로 이야기한다. 그동안 '특'이 들
어가는 무슨 학교는 지나가면서 많이 들었다. 하지만 내
일은 아닌 듯하여 넘겼는데, 아마 담임 선생님께서 곰돌에
게 권해주신 모양이다. 나는 우리 동네에 어떤 특성화고등
학교가 있는지 검색을 한 뒤, 완전 멋진 학교를 찾아냈다.
내가 만약 중3으로 돌아가도 이 학교에 갔을 것이다. 곰돌
은 반신반의하면서 친구랑 둘이 입학 설명회에 다녀왔다.
나도 가볼까 하다가 너무 참견하는 것 같아서 둘이 다녀오
라 했다. 그런데 아이의 반응이 대박이었다.

　"엄마, 나 이 학교에 가자마자 반드시 입학하겠다고 결
심했어!"

　이 학교는 성적을 보는 전형과 성적 없이 출결과 면접 그

리고 자기소개서로 들어가는 전형이 따로 있었다. 곰돌은 두 번째 전형을 공략하겠다고 한다. 곰돌이 워낙 할 말은 무표정으로 또박또박 잘하고, 웃지도 않고 진지하고 담백하게 말하는 편이라 면접은 걱정되지 않았다. 오히려 나 같은 사람들이 실실 웃으면서 주위 눈치 보다가 정작 할 말은 못하고 퇴장하는 경우가 많다. 딸은 이런 면에서 나와 다르다.

자기소개서를 준비해야 하는데, 곰돌은 엄마가 글 써서 돈 벌어먹고 사는 인간이니 어떻게든 중간 이상으로 봐줄 수 있을 거라 생각했다. 자소서에서 포인트는 '이 학교에 들어오기 위하여 나는 무엇을, 어떻게 준비하였나'. 이건 소설을 쓰더라도 팔만대장경 수준으로 펼쳐 보여줘야지. 문제는 출결이다. 곰돌이 중3인데 혼자서 자취를 하는 전 대미문의 환경에 놓여 있다. 방 잡아주시던 복덕방 아주머니도 너무 놀라 깔깔깔 웃으셨다.

"아니, 저도 중3 딸이 있는데 독립은 상상도 못했어요!"

여하튼 이런 상황 때문에 아이가 자꾸 지각을 했다. 그래도 특성화고등학교에 가기로 가닥만 잡은 뒤 별다른 준비는 하지 않았다. 엄마는 마음의 준비만 하고 있다. 자식 한 명, 매번 전교 1등 하던 녀석만 키우던 외할머니, 즉 우리 엄마는 난리가 났다.

"야야, 우리 집에서 무슨 상고에 공고냐!!!"

우리 때는 상고나 공고 가는 친구들은 성적이 안 되거나 집안이 어려운 친구들이었다. 그리고 아주 특별하게도 다른 애들 대학 갈 때 차라리 그 돈으로 다른 공부하고 취업하겠다던 친구들이 몇 있었다. 그 친구들은 고3 담임 눈밖에 났었다. 할머니는 속이 상하고 쪽팔린다면서 난리가 났다.

"네가 얘 공부 안 시킬 때부터 알아봤어!"

이런 성화는 한 귀로 듣고, 한 귀로 흘려버리고야 만다.

얼마 전 함께 차를 타고 가는데 곰돌이 슬쩍 묻는다.

"엄마, 이 학교는 통합으로 들어가서 2학년 때 과를 나눈대."

"오케이."

"그런데 학교 마치고 바로 취업할 수도 있고 대학교 들어갈 수도 있대."

"오케이."

"어떻게 하면 좋을 것 같아?"

곰돌은 어쩐지 취업을 하고 싶어 하는 것 같은데……
나는 사회생활의 '×같음'을 너무 잘 알기에 곰돌이 이십
대 초반부터 그걸 겪게 하고 싶지 않았다. 그리고 대학 생
활의 즐거움, 더러는 낭만도 느껴봤으면 했다. 하지만 곰돌
이는 이미 취업을 염두에 두고 있는 듯하다. 워낙 특성화고
등학교가 취업을 위해 디자인된 학교이기도 하니 말이다.

"사회생활을 하면 좀 찌들지. 쉽지 않아. 엄마도 많이 힘
들었는데……."

곰돌이 나의 말을 획 가로챈다.

"나 같은 애송이들은 그 찌듦이 ×나 멋있어! 다른 친구
들은 과제하느라 바쁠 때, 나는 아메리카노 한 잔 스벅에
서 급히 사 가지고 들어와서 겁나 컴퓨터 보고 일하
고……. 아, 그것이 찌듦이라면 ×나 멋있어! 내 힘으로 돈
을 한번 벌어보고 싶어. 크헙!"

깔깔깔 웃었다. 간만에 목청 다 드러내 보이면서……. 우
리 '애송이'가 상상하는 미래를 응원한다. 찌듦. 오래된 기
름 냄새가 날 때까지 찌들지 않기를 바란다. 찌듦. 그게 뭔
지 너무 잘 알아서 이 글을 쓰면서도 자꾸 얼굴이 구겨진
다, 엄마는……. 일단 원하는 고등학교에 무사히 들어가고
다음 미래를 꿈꿔보자, 애송이!

공포 특집   친구라면
         끊으면 되지만……

나의 하루 일과는 일정하게 돌아가는 편이다. 7시에 일어나서 운동하려면 운동하고, 집 치우려면 치우고 8시 30분쯤 아이와 남편, 등교 및 출근시키고, 나머지 못다 한 집안일을 마무리 짓고, 아점을 먹고 집을 나서면 9시 40분에서 50분. 이것이 나의 아침, 하루 일과의 1부이다.

동네 구립 도서관에 자리를 잡고 앉아서 이런저런 일을 하다가 대략 6~7시에 마치고 집으로 돌아오면 2부가 끝난다. 그리고 제일 정신없는 하루의 마지막, 3부가 시작된다. 오전에 돌려놓고 나간 세탁기와 식기 세척기 안에 든 내용물을 꺼내 정리하고 아이 입에서 "배고파" 소리 나오기 전에 저녁을 후닥닥 만든다. 그렇다고 요리를 하거나, 밥 짓기에 진심인 분들처럼 하루에 한 가지 새 반찬을 해서 올리는 레벨은 아니다. 한때는 세 끼 식사 메뉴를 정해놓고 차려내기도 했지만 당분간은 포기 상태다.

반찬은 우리 집 근처 공릉시장 이모님 손길에 맡기고 국거리는 이마트의 레토르트에게 부탁한다. 가까운 친구들 사이에서 맛집으로 유명한 곳에 특별한 음식을 주문해놓고 해동해서 먹기도 한다. 이렇게 별 중요하지도 않은 이야기를 길게 하는 이유가 있다. 나같이 살림 간단하게 하는 사람도 늘 분주하고 방방 뛰어다녀야 이 모든 과정을 소화할 수 있다. 가족들이야 살림의 결과물을 늘 식탁 위에서 만나겠지만 그 식탁 언저리에서 위까지 가는 과정에 수많은 잡무가 수두룩하다. 식탁 위의 전등은? 가스불은? 수돗물은? 연체 없이 관리비를 납부하는 것도 내 몫. 식탁 아래, 웬만하면 식구들 발바닥에 먼지나 다른 이물질이 안 밟혔으면 하는 마음이니, 청소기를 신나게 돌리고 다녀야 한다. 남편이 사무실에서 늦게 오는 편이라 저녁 식사 시간도 다른 집보다 많이 늦는 편이다. 이런 버라이어티한 하루의 3부가 끝나면 웬만하면 온전히 휴식을 취하고 싶다. 그 시간은 대략 밤 8시 30분에서 9시 사이다. 여기까지는 엄마인 나의 시간표, 나와는 다른 공간에서 자취하는 중3이 되어버린 곰돌의 하루 일과와는 좀 다르다.

상상하지 못한 코로나19 팬데믹 상황으로 전 세계의 아이들은 이제 줌이나 구글 클래스로 진행하는 비대면 수업에 익숙해져가고 있다. 예전에는 일어나서 옷 먼저 갈아입고, 세수 후닥닥하고 학교로 달려갔다면 지금은 일단 앞머리에 핀 꽂아 올리고 잠옷 차림으로 컴퓨터 앞에 앉는다. 한번은 곰돌의 핸드폰과 노트북 카메라에 반창고가 붙어 있기에 왜 이렇게 해놓느냐고 물었다. 그랬더니 수업을 진행하시는 선생님이 일괄적으로 화면 켜기를 할 때가 있어서 노출 방지를 위한 똑똑한 방법이란다. (요즘 선생님들 정말 힘드실 것 같다. 애들은 보지도 못하고 혼자 떠들며 라디오 디제이처럼 수업해야 하니 말이다!)

학교라도 다녔으면 친구들과 놀기 바빠서 숨통이 좀 트였을 것이다. 그러나 방에 틀어박혀 혼자 수업 듣고 혼자 있는 시간이 많아진 곰돌은 요즘 부쩍 투정이 늘었다. 그녀의 바닥에 깔린 불만이 뭔지도 잘 알고 있다. 그 불만이 내 생각보다 훨씬 깊고 크리라는 것도. 한 줄로 요약하자면 아빠랑 헤어진 건 그렇다고 쳐도 왜 또 다른 남자를 만나서 동생까지 낳고 엄마랑 나랑 따로 살아야 하느냐, 이것일 것이다. 이 한 줄, 내가 쓰면서도 마음에 못이 콕콕 박힌다.

뭐 하나 불만의 까시래기가 보인다 싶으면 곰돌은 일단 나를 호출한다. 오케이, 나는 기꺼이 곰돌 앞으로 달려간다. 그런데 문제는…… 하루의 1부나 2부 때 불러내거나, 뭔가를 부탁하면 그래도 괜찮은데, 3부가 끝난 휴식 시간에 나를 볶기 시작하면 엄마이기 전에 나도 사람인지라 꼭지가 돈다. 어제가 바로 그런 날이었다.

이 글을 쓰고 있는 현재, 우리 집은 곰돌의 동생 만두가 14일간 자가격리 중이다. 반 친구 두 명이 확진 판정을 받은 터라 어린이들이 밖에도 못 나가고 집에 숨어 있다. 그래서 만두 아빠와 내가 번갈아 가면서 발이 묶인 상태. 그나마 나는 백신 2차 접종까지 끝냈기 때문에 일상생활을 영위하고 있지만, 접종을 아직 못한 만두 아빠는 자진 격리 중이다. 상황이 이렇다 보니 만두가 있는 공간, 즉 우리 집은 외부인 출입 철저 금지. 처음에는 나 역시 14일 격리 대상인 줄 알고 심란한 상태로 잔뜩 장을 보고, 곰돌의 자취방 냉장고도 꽉꽉 채워 넣어주는 등 만반의 준비를 하고 돌아왔더랬다. 그리고 곰돌에게 부탁했다.

"엄마 격리되어 있는 동안 사춘기 행위는 좀 자제해줘.

엄마가 어떻게 할 수 없는 상황이니까, 알았지?"

고개를 끄덕이며 알겠단다. 비장한 눈빛으로……. 그리고 다음 날, 엄마는 격리를 안 해도 된다는 기쁜 소식을 알려주었더니 잘됐다면서 방방 뜬다. 당장 엄마 집으로 가서 입을 옷, 빨래된 옷 좀 가져와야겠단다. 나는 보건 당국에서 내린 지침을 그대로 알려주었다.

"외부인은 격리 기간에 출입 금지래. 엄마가 필요한 물건들 갖다 줄게."

맙소사! 이 단어가 여린 중3 소녀에게 걸려들었다.

'외부인'

이때부터 곰돌의 전화와 카톡 공세가 시작되었다. 어젯밤 10시 경이었다. 콕 집어 말은 안 했지만 왜 내가 외부인이냐는 강력한 항의였다. 살면서 제일 힘든 게 바로 이것이다. 아는데, 무슨 말인지 알겠는데, 어쩌라고 하게 되는 상황 말이다. 곰돌은 화가 나면 반응이 양극단이다. 아예 연락을 끊고 동굴로 들어가거나, 장문의 글짓기를 해서 보내거나 전화를 계속 걸어대기도 한다. 곰돌이가 나의 친구거나 애인이면 헤어지면 된다. 그 정도로 내가 싫어하는 행동인데, 그걸 하는 이가 무려 내 딸이다. 죽는 순간까지, 끝까지 안고 가야 할 내 자식. 밤에는 제발, 쉴 수 있게 해달라고 해도 막무가내다. 게다가 드리클로 약이 떨어졌는데, 왜 돈을 보내주지 않느냐고 한다. 이날은 평소보다 나의 몸과 정신 상태가 피곤에 절어 있었다. 이 상태로 곰돌이 뿜어내는 분노의 기운을 감당하기 어려웠다. 아이, 난 몰라. 자포자기의 심정으로 잠자리에 들었는데 새벽에 눈이 떠졌다. 아무리 딸이라고 해도 엄마를 괴롭히는 정도와 양상이 너무 심하다. 솔직히 이야기하면 가슴이 너무 아팠다. 속이 상한 것을 넘어서서 진짜 가슴팍 언저리가 아파왔다. 이 아이를 어떻게 꺾어야 하지. 이런저런 궁리를 하다가 동이 터 오르니 갑자기 피식 웃음이……. 나는 이미 답을 알고 있었다. 십 대 시절 내내 엄마랑 박 터지게 싸우면서 겨우겨우 구해낸 답이 뭐였나. 자식을 꺾는다고, 그게 꺾이나.

일찍 자리를 털고 일어나서 만두 녀석 줌 수업 들어가는 것 지켜보다가 딸네 집으로 갔다. 생일 선물로 받은 e카드가 있어서 스타벅스에 들렀다. 핼러윈 시즌이라고 새로운 디자인의 알록달록 케이크랑 마카롱이 진열되어 있다. 곰돌은 열혈 민초파다. 뿔이 달린 민트초코 케이크랑 루콜라 샌드위치, 티라미수 등을 골라서 포장한다. 드리클로도 넉넉하게 세 개 사고, 어제 좋은 분께 한 박스 선물 받아서 냉장고와 마음이 꽉 찬 합격예'감'도 몇 알 챙겨 들고

갔다. (곰돌의 특성화고등학교 합격을 기원하며 보내주신 선물이다)

곰돌의 자취방이 있는 건물 3층으로 올라갔더니만 복도 전체에 고기 냄새가 가득하다. 어떤 집인가 궁금해하며 곰돌의 방문을 벌컥 열었더니, 세상에…… 곰돌이 오리고기 치즈 덮밥을 만들고 계시네! 내 쪽은 쳐다보지도 않는다. 번호키 누르는 소리 들었으면 엄마가 온 걸 다 알았을 텐데 말이다. 사과는 하되 할 말은 해야겠다 싶어서 운전하면서 연습한 대사를 쳤다.

"엄마한테 화내도 좋아. 엄마도 네가 왜 화내는지 아니까 충분히 받아줄 수 있어. 그런데 하루 일과가 끝난 엄마의 자유시간은 건드리지 않았으면 좋겠어. 물론 열 받으면 남의 사정도 안 봐져. 그러면 지금 엄마가 한 부탁도 무용지물이 되겠지만, 이럴 때마다 계속 얘기할 거야. 그리고 또 하나! (이건 정말 중요하다!) 엄마한테 화내고, 무시무시한 말 쓰는 것까지는 괜찮아, 엄마는 안 꺾여, 그런 거 가지고. 그리고 너도 잘 알겠지만 작정하고 발사하기 시작하면 엄마 입이 더 걸레야. 하지만 다른 사람한테 그러면 절대 안 된다. 그렇게 바닥까지 보여주는 거 아냐."

간단하게 훈육을 마친 뒤, 스타벅스 민트초코 케이크를

옆에 내려두고 바람을 휘잉 일으키며 일어났다. 신발을 신고 나가려고 하니 모깃소리를 내며 곰돌이 사과를 한다.

"어제 화낸 건 미안해."

엄마도 미안해, 하려다가 차마 낯간지러워서 못하고 문을 닫았다. 늙으면 이렇게 뻣뻣한 나무 같아진다.

"알았어."

사건 종료. 정말 어렵다.

이 시기를 지나온 모든 엄마 아빠들의 공통적인 의견 혹은 노하우가 있다. 예외가 없다. 그것은 바로 아이와 맞서지 말라는 것이다. 부모가 자식을 이겨 먹으려는 것은 결국 자식 입에 걸레를 물리는 행위밖에 안 된다. '설해목(雪害木)'이라는 말을 오랫동안 좋아했다. 조용하게 내리는 눈이 결국은 나뭇가지를 꺾는다는 뜻이다. 그러나 이걸 자식 문제에 대입하면 상황은 안드로메다로 간다. 자식은 꺾이지 않는 초강력 나무다. 미래의 꿈나무. 그전에도 몇 번씩 곱씹어 새긴 말이 이거였다. 자식한테는 무조건 지자. 세상을 살면서 최고로 어려운 일이지만, 지자.

인생에도   예상 문제가 있으면
         얼마나 좋을까

지혜로운 담임 선생님께 곰돌이 특성화고등학교에 진학하면 어떻겠느냐고 제안을 받은 뒤, 나는 완전히 마음을 굳혔다. 곰돌 또한 대학 진학에 수렴하는, 국영수 위주의 지루한 교과 과정에서 벗어나서 자기가 하고 싶은 일에 집중할 수 있다고 하니 그쪽으로 마음이 열린 모양이다. 결정의 가닥을 잡아갈 무렵, 선생님께 문자가 왔다.

[어머님, 진로는 잘 상의해보셨어요?]

답신을 보냈다.

[네. 선생님. 곰돌이 특목고 가기로 결정했습니다.]

[어머님, 특목고가 아니라 특성화고등학교입니다.]

[아…… 네.]

이 이야기를 곰돌에게 했더니 창피한지 노발대발이다. "아~ 엄마! 특목고가 뭐야, 특목고가! 특목고는 공부 잘하는 애들만 가는 곳이란 말이야!"

특수목적고와 특성화고가 '특'자 돌림이라서 헷갈린 것인데, 그 둘 사이에 묘한 괴리감이 있는 것은 사실이다. 뭐라 형언할 수 없는 그 지점에서 우리 곰돌이도 슬쩍 망신스러웠나 보다.

지원할 학교를 정하고 난 뒤 곰돌은 학교 설명회에 두 차례 가서 확실하게 마음에 망치질을 했다. 나도 곰돌을 따라서 한 차례 갔는데, 내가 중학교 때 이런 학교가 있었으면 인문계 고등학교에 안 가고 당연히 이 학교에 갔을 거라는 생각이 들었다. 곰돌은 '영상학과'를 가고 싶다고 한다. 영화감독이 되고 싶단다. 대본도 쓰고 스토리 각색도 하는 엄마로서는 몹시 반가운 소식이었다. 대를 이어 가업(?)을 물려받다니! 곰돌은 어린 시절부터 매일 웹툰 업데이트를 목이 빠져라 밤 12시까지 기다렸다가 보고 잤다. 넷플릭스에 들어가 보면 밤새 얘가 뭘 봤구나, 알 수 있을 정도로 영화와 애니메이션 마니아다. 얼마 전까지 자신이 뭘 좋아하는지 모르겠다고 노래를 부르던 녀석이 영화감독을 하겠다고 하다니 의외였다. 다분히 면접용으로 선택한 직업이라는 것을 사뭇 짐작할 수 있었지만 그래도 괜찮다. 나름대로 곰돌의 인생에서 첫 이정표를 세운 것이니까.

그로부터 두어 달이 흐르고 원서라는 것을 받아 오니 실감이 난다. 이제 나도 아이들 입시에 발맞춰 뛰는 엄마가 되는구나! 그동안 대한민국 입시란 공부 능력, 즉 성적으로 커트라인 잡고 그에 못 미치는 아이들은 일괄적으로 '자르는 것'이 전부였다. 그런 공부 머리, 운이 좋아 태어날 때 달고 나왔다면 십 대, 혹은 이십 대 초반 정도까지 유용하게 쓸 수 있다. 하지만 사회라는 너른 무대로 나가면 그야말로 바닥부터 박박 기어야 한다는 것을, 마루에 잔뜩 깔린 레고 조각 밟듯 지나와봐서 모두 잘 알고 있지 않나.

곰돌의 담임 선생님 덕분에 알게 된 특성화고등학교는 우리 모녀에게 오아시스와도 같았다. 세상에, 성적이 아니라 출결과 면접과 자기소개서로만 인재를 뽑는 학교가 우리나라에 다 있다니! 교육의 철학도 조금씩 유연해지는 걸까. 무조건 1등만 신문에 나오고 '공부가 제일 쉬웠다'는 사람에게 열광하는 촌스러운 자식 교육의 과거가 막을 내리고 있는 것일까. 물론 갈 길이 먼 것은 잘 알고 있다. 그래서 더욱 특성화고등학교들의 작은 시도들에 감동하게 된다.

내가 고등학교 진학할 때 공고, 상고는 형편이 어렵거나 인문계에 진학할 성적이 안 되어서 가는 학교라는 무언의 편견이 있었다. 상업이나 공업이 너무나 좋아서, 혹은 그 분야에서 꽃을 피워보고 싶어서 일부러 지원해서 가는 친구는 아주 드물었다. 그런 친구가 있었다면 우레와 같은 박수를 보내주었을 텐데, 현실에서는 거의 유니콘과 같은 존재였다. 옛날의 상고와 공고가 지금의 특성화고로 변모하여 영상, 국제외교, 요리, 관광, 컨벤션 분야 등등 종류도 다양해졌다. 학교 설명회에 가서도 똑똑히 보았지만 아이들 얼굴에서 상고, 공고에 진학하던 친구들의 묘한 느낌은 어디에서도 찾아볼 수 없었다. 당당하고, 활기차고, 건강하다!

곰돌에게 자기소개서를 써서 보여달라고 했다. 엄마가 명색이 글밥 먹고 사는 사람인데, 딸 자소서 하나 못 봐주겠나 싶었다. 곰돌은 며칠을 끙끙 앓았다. 미치겠네, 아 미치겠네…… 하면서도 미치지 않고(?) 꾸역꾸역 끝까지 칸을 채워나갔다. 처음 자기를 소개하는 글을 써보는 녀석에게

A4 용지 한 장은 아마 종합운동장처럼 광활하게 느껴졌을 것이다. 초안을 잡아서 보내왔는데 오, 꽤 잘 썼다. 특히 고등학교 3년 동안 영화 만드는 법을 열심히 배우고, 대학교 영상학과에 진학해서 계속 공부하고 싶다는 대목이 구체적이었다. 진학할 학교로는 한국예술종합학교, 중앙대학교 이렇게 콕 집어서 썼다. 희망이 구체적이면 구체적일수록 실현 가능성이 더욱 커진다고 하지 않나. 우리 곰돌, 언제 이렇게 자랐나 싶을 정도로 성숙해진 느낌이 물씬 났다. 성정이 차분하고 침착한 아이다. 덜렁거리고 목청만 커서 실속 못 차리는 엄마보다는 알맹이가 있는 녀석이다.

"어, 이 정도면 되겠는데. 아주 잘 썼어."

"정말? 안 고쳐도 돼?"

"완벽해!"

내가 완벽하다고 한 자기소개서를 가지고 담임 선생님과 면담하면서 첨삭지도를 받는다고 한다. 그날 오후, 이런 톡 하나가 왔다.

[엄마, 담임 샘이 싹 다 갈아엎었어.]

딸의 문자를 보자 급속히 얼굴이 붉어진다. 내가 신경 하나도 안 쓰고 그냥 "응, 잘 썼어" 영혼 없는 반응을 보인 것 같아서 민망했다. 난 완벽하다고 그랬는데…….

'싹 갈아엎은' 자기소개서를 가지고 이제는 면접을 볼 차례다. 예전에 특성화고등학교 입학 설명회에서 미리 면접 예상 질문을 뽑아주고, 자세한 설명을 해준 바 있었다. 성실한 곰돌은 자기가 쓴 소개문을 달달 외우면서 면접을 준비했다. "면접은 처음인데, 처음인데……." 다른 친구들도 모두 면접은 처음 아니겠나. 열다섯 살에 면접 경험은 흔치 않을 터이니 말이다.

면접 보는 날 아침, 코로나19 때문에 줌으로 면접관 선생님을 만난다고 한다. 전날 나한테서 '자기 것보다 조금 더 좋은' 이어폰을 빌려가기도 했다. 선생님께서 면접 볼 때 소리가 잘 들리도록 이어폰을 끼고 하라는 팁을 주셨단다. 아침 10시. 면접 잘 보라는 응원 차, 9시 반쯤 곰돌의 집으로 갔다. 윗도리만 교복으로 예쁘게 차려입고 메이크업이 한창이다. 30분 후면 면접인데 화장 대강 마치고 숨 고르고 앉아 있었으면 좋겠는데, 그건 내 마음일 뿐이었다. 그러더니 너무 떨려서 숨이 안 쉬어진단다. 그렇게 떨린다면서 마스카라는 어떻게 칠했는지 궁금하다.

"엄마가 옆에 있어 줄까?"

절대 안 된단다. 어떻게든 해볼 테니 엄마는 그냥 가보란다. 면접은 아이가 보는 거니까 될 대로 될 것이라는 마음으로 집을 나섰다. 오전 10시 좀 넘어 동네 도서관으로 일하러 오니 벌써 자리가 꽉 차서 없다. 어느새 곰돌의 면접은 까맣게 잊고, 어느 자리에서 메뚜기를 뛰어야 하나 둘러본다. 백일기도 풍습(?)이 모든 입시생 부모에게 필수 요소라면 나는 맨날 까먹고 기도일 반도 못 채울 것이 분명하다. 겨우 자리가 나서 짐을 풀고 있는데 곰돌에게 전화가 온다. 오호라. 면접 다 끝났구나.

"엄마, ×떨려."

힘이 없다. 아직 긴장의 여운이 남았는지 목소리에서 덜덜 소리가 나는 것 같다.

"그래서, 잘했어?"

"아니, 잘했겠어?"

곰돌은 상당히 침착한 아이이고 모든 일을 미리 준비하는 성격인데, 동시에 긴장도도 높다.

"예상 질문 줬으면서 왜 선생님은 다른 질문을 하셔?"

그러게 말이다. 학교 면접뿐만 아니라 세상일 대부분이 기습적으로 벌어진다.

"머리가 하얗게 돼서 말을 할 수 없는 거야. 그래서 잠시 생각할 시간을 주시겠습니까, 그랬어."

그런 고급 스킬은 또 어디서 배웠는고.

"아, 떨어질 것 같아."

곰돌, 걱정이 태산이다.

예상 질문을 줬으면 그 안에서 모든 게 이루어져야지. 곰돌의 마음처럼 되면 좋겠지만, 학교의 방향에 맞는 학생들을 뽑아야 하는 선생님들 입장에서 심층적으로 궁금한 점이 있었을 것이다. 아이 머리를 하얗게 만들어 골탕을 먹이려는 속셈은 아니었을 것이다.

우리 사는 것도 이와 같을까? 잠시 생각해봤다. 이러이러한 일이 생길 것으로 예측을 하고 그에 맞게 플랜 A, 플랜 B, 진돗개 원, 투, 쓰리까지 대비하면 당황할 일도, 놀랄 일도 없을까. 한창 운이 좋지 않았을 때는 만사가 강물 흐르듯 흘러간 적이 별로 없었던 것 같다. "하~ 기가 막혀~"라는 탄식이 절로 나올 정도로 상황 C가 터지고, 진돗개 포를 어디서 만들어가지고 와야만 했다. 그럼에도 불구하고 지금 돌아보면 삶이 기를 쓰고 골탕 먹이려고 하는 것만은 아니었던 듯하다. '이런 속 편한 말도 이제 좀 살 만하니까 하는구나!' 하는 생각도 든다.

어찌 되었든 예상치 못한 질문으로 점철된 곰돌의 생애 첫 번째 면접이 끝났다. 곰돌 스스로 어떻게 생각할지 모르겠지만, 엄마인 나의 눈에는 면접 준비에 최선을 다했던 듯하다.

예전에 보험 영업을 할 때 배운 좋은 삶의 태도가 있다. 혼자서 '정신 승리' 하는 법인데 바로 '준비할 때 최선을 다하고, 결과는 하늘에 맡기기'이다. 보험 계약하러 다닐 때 많이 느꼈다. 현란한 말솜씨, 어떤 미사여구를 갖다가 대어도 아직 청약서에 사인을 하지 않은 가망 고객의 마음은 절대 내 마음대로 움직이지 않았다. 고객의 결정이 영업하는 사람의 오셀로 게임이 아니기 때문이다. 오셀로 게임처럼 내가 놓은 돌 하나로 흑과 백이 뒤집히듯 사람의 마음을 뒤집을 수는 없다. 곰돌의 면접 결과도 마찬가지. 하늘에 맡겨야 하겠지.

Epilogue

곰돌의 특성화고등학교 교복을 몇 주 전에 찾아왔다. 학급 임시 반장이라는 완장까지 멋지게 찼다고 한다.

크리스마스의 악몽?

크리스마스가 되기 며칠 전부터 곰돌은 엄마 뭐 할 거냐고 하면서 슬쩍슬쩍 질문을 던졌다. 뭔가 준비를 하는 눈치였다. 중학생, 한창 친구 좋아할 때인지라 대수롭지 않게 여겼다. 친구랑 약속 잡아서 놀러 나가든지 하겠지 하고 생각했다. 나의 순진한 추측과 달리 딸은 중학교 3학년, 중학교 시절의 마지막 크리스마스를 엄마와 보내려고 준비를 하고 있었다! 엄마랑 맛있는 것도 먹고 카페에 가서 케이크도 먹으며 수다 떨고, 사진관에 가서 같이 사진도 찍고……. 이렇게 계획을 촘촘히 세우고 있었던 것이다. 딸의 계획이 이럴진대, 엄마도 호응을 해야만 한다.

약속한 시간, 현관문을 열고 아이가 들어오는데 헉 소리가 났다. 필시 긴 시간을 들였을 메이크업, 심혈을 기울인 패션(그런데 어쩌다가 위아래 맞춤 색깔이 화이트더냐!), 매서운 겨울바람과 함께 아이의 발걸음보다 서너 걸음 빨리 도달한 달큰한 향수 냄새! 아이는 크리스마스를 위해 매무새를 가꾸었건만, 엄마는 화장도 안 하고, 예쁜 옷도 안 입고, 뚱뚱이 검은 김밥 패딩을 걸치고 앉아 있으니 녀석이 화가 난 것 같았다. 표정이 뚱해진 것을 감지한 나는 얼른 뒤로 질끈 묶었던 머리를 풀고 야무지게 머리카락에 배긴 고무줄 자국을 대충 흩트려놓았다. 곰돌이 작년까지 입다가 내게 버린 패딩을 벗고 이 옷, 저 옷 걸쳐서 "이건 괜찮니?" 하고 수차례 물어보며 검사를 받기에 이르렀다. 일단 날씨가 복병이었다. '얼죽코'라고 했나. 얼어 죽어도 코트를 입어야 한다는 딸의 강권으로 얼마 전 구입한 것을 입고 일단 나오긴 나왔지만, 아까 집에 벗어놓고 온 패딩 생각이 간절할 정도로 추웠다. 길거리에는 온통 이십 대(로 보이는) 젊은이들뿐. 앞에서 불어와 내리꽂는 바람의 저항을 이겨가며 걸어가는데 너무 추워서 꺄악 소리가 나왔다.

평소에 술을 마실 때도 1차, 2차, 3차로 마구 옮겨 다니는 것을 굉장히 힘들어한다. 그냥 오후 시간 뚝 떼어서 4시부터 밤 12시가 될 때까지 한자리에 주야장천 앉아 있는 건 거뜬하게 가능하다. 그런데 딸은 이미 N차 코스를 준비해둔 듯 발걸음이 바빴다. 딸이 먹고 싶다는 타코와 샐러드로 식사를 마치고, 다음 코스인 카페를 찾으러 길을 나섰다.

"엄마, 좀 걸어야 하는데 걸을 수 있겠어?"

이렇게 물어보지만 입 다물고 걸어가자는 이야기이다. 오케이. 그런데 카페가 곰돌이 가본 곳이 아닌 듯하다. 검색해서 예쁜 곳을 찾아둔 것 같은데, 아무리 찾아 헤매도 꼭꼭 숨어 있어서 우리 눈에 띄지 않았다. 이 추운 날, 같은 곳을 세 번, 네 번 맴맴 돌자니 체력이 고갈되기 시작했다. 우여곡절 끝에 칼바람을 뚫고 카페를 찾아 들어갔는데, 흰 입김을 공룡처럼 내뿜는 내 몰골과 달리, 이십 대 청춘들이 평화롭게 옹기종기 모여 케이크에 따끈한 차를 먹고 마시고 있다. 나는 이미 뼛속까지 얼음이 박힌 것 같아 아무 생각도 없고, 그냥 집에 가고 싶을 뿐이었다. 자리에 앉으니 역시나 애 낳은 늙은 여자 무릎에서 냉기가 흘러나온다. 몸 상태가 이러하니 케이크랑 커피를 주문하는 동안 슬슬 짜증이 올라오기 시작했다. 게다가 우리가 먹고 싶은

케이크는 똑 떨어져서 남은 것 한두 가지에서만 골라야 한단다. 크리스마스라면 케이크를 더 많이 만들어서 대비해 뒀어야 하는 거 아닌가. 평소에는 떠올리지도 않는 생각까지 보태진다.

심호흡을 하고 테이블에 앉는데, 딸이랑 대화가 자연스럽게 이어지지 않는다. 설상가상으로 딸의 핸드폰 전원까지 나갔다. 맙소사. 우리는 서로 (")(") 이러한 모양으로 허공을 보며 한참을 앉아 있었다.

딸은 이 특별한 날에 적극적이지 않은 엄마가 너무나 싫은 것 같다. 나도 안다. 거기다가 춥다고 온갖 호들갑을 다 떨고 있지 않은가. 오늘은 다른 때와 같은 평범한 일요일도 아니고 크리스마스이다. 지금 집에 가면 곰돌은 혼자 집에 있어야 하는데, 그건 싫다고 한다. 안다. 그런데…… 아는데…… 내 몸이 너무 안 따라준다. 자칫하면 몸살까지 올 듯 한기가 든다. 엄마가 이젠 늙어서 그래, 이 말이 턱까지 치밀어 올라왔는데, 참았다. 이 얘기 해봤자 이해도 못할 것이고, 무엇보다 크리스마스를 망치고 있는 건 나니까.

오늘 오후 반나절을 보내는 그 몇 시간 동안, 옛날에 만났던 늙은 애인이 왜 자꾸 집에 가고 싶어 했고, 뜨끈한 곳에서 몸을 지지고 싶어 했고, 알콩달콩한 술자리가 두 시간 이상 길어지는 걸 왜 못 견뎌 했는지 다 알게 되었다. 아니, 이딴 식으로, 나이 오십도 안 되어서 이해하게 된 것이 자존심 상하기도 했지만 여하튼 알게 됐다. 동시에 스케줄 다 꼬여서 곰돌이 얼마나 속상할지도 가늠 되었다. 나도 예전에는 앞에 앉은 나이 든 사람이 한두 번도 아니고 계속 골골대는 게 얼마나 화가 났던지. 한창 예쁜 것, 맛있는 것 좋아할 열여섯 살인데……. 엄마가 너무 늙어서 미안하다. 체력이 안 따라.

어려서부터 나는 우리 엄마가 나랑 안 놀아줘서 그게 무척 마음에 안 들었다. 내 친구들 보면 엄마랑 백화점 같은 데에서 만나 예쁜 옷도 골라서 쇼핑하고, 맛있는 것도 일부러 찾아다니던데, 나의 엄마는 그쪽으로는 영……. 엄마랑 쇼핑도 한 번 못해보고 단둘이 여행도 못 가봐서 섭섭했다. 엄마는 어디 다니면서 여유롭게 시간을 보낼 수 있는 성정이 못 되었다. 엄마가 커피를 마시고 케이크를 먹으면서 친구들과 수다 떠는 것을 살면서 단 한 번도 못 봤으니까. 나야 술이나 마시니까 친구들하고 긴장 풀고 이야기도 하며 살기는 한다. 그나저나 나도 그렇게 엄마랑 하고 싶었던 수다 떨기가 곰돌이와 영 안 된다. 나 역시 우리 엄마를 고스란히 닮아버린 것일까. 딸에게 나는 '노잼' 엄마

일 것이 분명하다.

집으로 오는 길, 차 안에서 결국 딸은 폭발했다. 나 또한 압력밥솥 뚜껑같이 한창 끓는 솥 안의 증기를 애써 누르듯 버티고 있다가 터지고 말았다. 결국 우리 둘 사이에 나올 수 있는 이야기 중 뼈 때리는 주제까지 입 밖으로 꺼내고 헤어졌다. 크리스마스인데…….

"왜 나는 여기저기 널을 뛰고 다니면서, 온갖 세상에 다 미안해야 하는 거냐? 너한테 미안하고 아저씨한테 미안하고!"

곰돌은 단 한 번도 '새 아빠'로 들어온 사람들에게 '아빠'라는 호칭을 내어준 적이 없다.

"그게 싫으면 재혼을 하지 말았어야지!"

할 말이 없었다. 집으로 돌아와 냉장고에서 소주 한 병을 꺼냈다. 이제는 결혼한 것을 물릴 수도 없는데 어쩐담. 아빠가 다른 동생까지 낳아놓았으니 곰돌이 외로울 것은 뻔하다. 그러게, 나는 딸자식도 있는데 왜 결혼을 또 했을까. 별별 생각이 꼬리에 꼬리를 물었다. 밖에서 꽁꽁 얼었던 손발이 화끈거리며 녹았고, 차가운 소주가 목구멍을 긁고 내려가니 정신이 번쩍 들었다. 그렇게 소주를 연신 쪼로로 따르고 있을 무렵, 카톡이 왔다. 곰돌이다. 자기가 계획 세웠답시고 이리저리 끌고 다녀서 미안하단다. 아니다, 엄마가 미안해.

우리 딸, 오늘 멋 잔뜩 내고 왔던데……. 구두도, 치마도, 윗도리도 다 비싸지도 않은 옷에 비닐 신발인 것이…….

딸과 내 이야기를 모아보자는 생각으로 첫 페이지를 쓸 때 딸은 중학교 2학년이었다. 올해 고등학교에 입학하니 햇수로 3년의 삶이 더해졌다. 그동안 딸의 상황도 크게 변했고, 나 또한 많은 변화가 있었다.

딸은 할머니, 할아버지 댁에서 살다가 내가 작업실로 쓰고 있던 원룸에서 자취 생활을 시작했다. 중학생의 자취. 엄마인 나도 쉽게 내린 결정은 아니었지만, 그래도 공간을 바꾸는 게 곰돌에게 훨씬 긍정적인 영향을 줄 수 있을 거라고 판단했다. 혼자 밥도 해 먹고, 청소도 척척 해내면서 곰돌의 '나 혼자 산다'는 순항 중이다. 이 원고를 시작하고 나는 에세이집 두 권을 출간했다. 두 번째 책은 지금 나온 지 일주일도 안 되는 터라 가슴이 두근거린다. 그리고 이 책이 나의 소중한 셋째가 될 것이다.

사실 이 에세이는 세상에 빛을 못 볼 뻔했다. 한 번 커다란 고비를 겪었는데 바로 곰돌의 반대였다. 곰돌이 초등학생 때는 나의 SNS가 딸에게 노출될 것이라고 한 번도 생각해보지 않아서 그대로 방치해두었다. 페이스북, 인스타그램 등등 아무런 제동 장치를 걸어놓지 않았다. 그러나 인터넷 강국 대한민국에서 중학생으로 성장한 곰돌은 인터넷 검색을 해서 내 글을 발견해냈다. 그곳에는 딸이 읽어도 괜찮은 글이 있는가 하면, 나중에 커서 읽어줬으면 하는 글도 있었다. 그러던 중 브런치에 모아두었던 이 책의 초고를 곰돌이 다 읽어버리고 말았다!

딸이 무서운 것은 엄마한테 화가 났거나 강력하게 할 말이 있으면 마음에 담아두고 정리하는 시간을 갖는다는 것이다. 나는 어랏! 뭔가 이상한 것이 보이거나 뇌에 스파크가 튀면 바로 행동을 개시한다. 남편들이 제일 무서워하는 말이 "여보, 나랑 얘기 좀 해"라고 했던가. 나는 딸이 하는 말 중에 "엄마, 할 말 있어"가 제일 무섭다.

딸은 조곤조곤 내게 따져 물었다. 왜 허락 없이 내 얘기를 쓰는가. 왜 나를 공부 못하고 멍청하고 나쁜 아이로 만들어놓는가. 이걸 다른 사람들이 보고 난 줄 알면 그땐 어떻게 책임을 질 것인가. 충분히 작가에게 따질 수 있는 문제들이었다.

오랜 이야기 끝에 딸과 원만하게 결론을 이끌어냈다. 곰돌은 몇 가지 금지 조항을 알렸다. 첫째, 앞으로 SNS에는 절대 허락 없이 자기 사진을 올리지 말 것. 딸에 대한 이야기는 하지 말라 해도 할 거 아니냐며 예외 조항을 두었다. 아니, 둬주었다. (몹시 현실적인 배려이다!) 둘째, 앞으로 다른 책을 낼 때도 딸의 허락을 득할 것. 셋째, 철저하게 가명을 써서 신분이 노출되지 않도록 보호할 것.

이렇게 해서 이 원고가 한 권의 책으로 만들어질 수 있었다. 그러므로 드리는 당부. 이 책을 읽는 모든 독자분들이 이 약속, 엄마와 딸 사이의 약속이 꼭 지켜질 수 있도록 끝까지 도와주시기를 바란다. 어린 학생, 곰돌의 정체는 아직 세상이라는 무대에 어느 누구에게도 드러내지 않고, 꼭꼭 숨겨주고 싶은 마음이다.

마지막으로 이 책을 내면서 고마운 분들을 한 분씩 기억하며 내 마음을 보내고 싶다. 제일 먼저 이 책의 주인공, 우리 곰돌. 2006년 뜨거운 여름 지구상에 우리 딸(다분히 한국어스러운 관용적 표현이다. '우리')로 온 이후 지금까지 잘 살아내고 있는 대견한 여자 사람이다.

그리고 책을 읽으면서 눈치를 채신 분들이 있겠지만, 구구절절 '다 큰 딸'의 원망과 앙칼진 소리를 칠순이 훨씬 넘어서도 들어야 했던 엄마 그리고 아빠에게 감사의 마음을 전하고 싶다. 물론 나를 낳아주셔서 고마운 것만은 아니다. 첫 번째 에세이에서도 썼지만 나의 부모님은 이 땅에 발을 딛고 사는 삶이 녹록치 않다는 것을 최초로 알려주신 분들이며, 내 마음과 내 자리를 지키기 위해 이를 악물고 투쟁하고 도전했던 나의 첫 번째, 만만치 않은 대상이었다. 노련한 부모가 아닌, 그 부모의 자리가 다소 어색했던 그리고 조금은 이기적인 이들을 부모로 맞이한 내 삶은 지금까지도 곰곰 까닭을 짚어보며 발전할 수 있었다. 아직 부족하기 때문에 앞으로도 계속 빈 곳을 채우기 위해 파이팅할 반동 에너지를 주시는 분들, 우리 부모님.

이번 에세이를 마무리 지으면서 마냥 나에게 잘해주는 이들만 기억하고 싶지 않다는 생각이 들었다. 오히려 내게

쓴소리를 했던 사람들, 어려움을 주었던 이들, 자잘하게는 내 작품을 탈락시킨 심사위원들, 혹은 내 이야기에 별로 관심 없어 했던 제작자분들, 출판사 관계자분들을 떠올리고 싶었다. 사실 그분들은 인생 뜀틀의 발판이 되어주시는 분들이다.

단, 원망은 금물. 그저 오늘 이 자리에 앉아 가벼운 마음으로

별 하나에 추억과

별 하나에 사랑과

별 하나에 쓸쓸함을 읊듯……

한 분 한 분께 마음을 보내본다.

이혼하면서 한 푼도 너한테 뺏길 수 없다며 복덕방에서 집 매매할 때, 내가 자리 비웠을 때 중도금을 싹 가져갔던 치명적인 전남편분.

남편 보험 계약하면서 크나큰 실수로 나에게 3개월 영업 정지를 선물로 주어 자살까지 생각하게 했던 친구분.

인생 최초로 '불신'이 뭔지, '편애'가 뭔지 알려주신 아홉 살 때 학교 선생님.

마지막으로 '알라뷰~'로 시작되는 팝송을 딱 거기까지밖에 따라 부르지 못하고 나머지를 음음음~ 처리를 하면

서도 의연하게 영어인 척 혀를 굴리며 멋진 척하던 사기꾼 사진사 김 씨.

인생 이렇게 될 줄 누가 알았겠냐며, 중학교 때 공부 잘했던 네가 이렇게 와서 보험 팔 줄 누가 알았겠냐며 호탕하게 웃으면서 3만 원짜리 계약 하나도 일절 안 들어주던 마음씨 좋은 고향 친구님들.

인생은 지나고 나면 왜 이렇게 웃긴지!

이 책이 세 번째 에세이다. 이렇게 써재끼는데도 안 터져? 그래? 이번에도 안 터져?

그럼, 다음에 하나 또 쓰면 되지. 삶이 마음먹은 대로 드라마가 되던가. 안 터질 것 같은 데에서 유전이 터지기도 하고, 될 듯 될 듯 평생 간당간당만 하다가 종 칠 수도 있는 노릇이다.

어린 시절, 추석 때 할아버지 댁에서 큰고모가 이야기를 해주셨는데 듣고서 재미있다고 깔깔대고 웃었던 기억이 있다. 어떤 엄마가 아들 삼 형제를 두었는데 첫째가 종철이, 둘째가 또철이(맙소사!), 셋째가 막철이(산아제한의 강력한 의지를 품은 이름!)였단다. 어느 날 아이들이 학교에 가져가야 할 도시락을 놓고 갔는데 사느라 바쁜 이 엄마는 아들 셋의 반이 몇 반인지 모르는 거라. 그래서 운동장에 들어서자마자 아들들 이름을 부르는데……. 잠시 졸고 있던 학교 종지기가 이 엄마의 화통을 삶은 듯한 목소리를 듣고 까암짝 놀라 종을 쳐대기 시작했다.

종 쳐라!

또 쳐라!

막 쳐라! 땡땡땡땡땡땡땡땡땡!!

이 정신으로 계속, 지치지 않고 글을 쓰겠다. 종 치고, 또 치고, 막 치겠다. 아무도 내 종소리를 안 듣는다? 그럼 들을 때까지 계속 치면 된다. 기술도 끊임없이 갈고 닦아서 치면 된다. 종소리가 더 멀리 날아가 앉겠지. 해가 지날수록 내가 치는 종소리는 역시 달라진다. 나도 느낀다.

이번 에필로그에서는 내게 '나쁜 짓' 했던 분들만 가볍게 기억한다고는 했지만, 그건 아니다.

자칫 사라질 뻔했던 이 원고를 끝까지 지켜내준, 느린서재의 대표 '최. 아. 영.' 님께 내 온 마음 다하여 감사드린다. 이 책은 최 대표와 나의 '존재의 증명서'와도 같다. 엄마, 여자, 아내, 이런 인생 이름표 말고 글을 쓰는 사람으로, 책을 만드는 사람으로서 기어이 해냈어야 할 일이었다. 너무 비장하다고?

이런 비장미 한 가닥 정도 품지 않으면 이 풍진 세상, 어떻게 뚫고 갈 텐가!

어쩌다 태어났는데 엄마가 황서미

ⓒ 황서미 2022

초판 1쇄 인쇄 2022년 4월 15일
초판 1쇄 발행 2022년 4월 19일

지 은 이	황서미	펴 낸 곳	느린서재
펴 낸 이	최아영	출판등록	2021년 11월 22일 제2021-000049호
		전 화	031-431-8390
책임편집	최아영	팩 스	031-696-6081
교정교열	최지은	전자우편	calmdown.library@gmail.com
디 자 인	하 다	인 스 타	calmdown_library
인쇄제본	제이오		
마 케 팅	북리더	I S B N	979-11-978384-0-8 03810